Tucholsky Wagner Zola Scott Sydow Freud Schlegel
Turgenev Wallace Fonatne

Twain Walther von der Vogelweide Fouqué Friedrich II. von Preußen
Weber Freiligrath Frey
Kant Ernst
Fechner Fichte Weiße Rose von Fallersleben Richthofen Frommel
Hölderlin
Fehrs Engels Fielding Eichendorff Tacitus Dumas
Faber Flaubert
Eliasberg Ebner Eschenbach
Feuerbach Maximilian I. von Habsburg Fock Eliot Zweig
Ewald Vergil
Goethe Elisabeth von Österreich London
Mendelssohn Balzac Shakespeare Dostojewski Ganghofer
Lichtenberg Rathenau Doyle
Trackl Stevenson Hambruch Gjellerup
Mommsen Tolstoi Lenz
Thoma Hanrieder Droste-Hülshoff
Dach Verne von Arnim Hägele Hauff Humboldt
Karrillon Reuter Rousseau Hagen Hauptmann
Garschin Gautier
Damaschke Defoe Hebbel Baudelaire
Descartes Hegel Kussmaul Herder
Wolfram von Eschenbach Dickens Schopenhauer
Bronner Darwin Melville Grimm Jerome Rilke George
Campe Horváth Aristoteles Bebel Proust
Bismarck Vigny Barlach Voltaire Federer Herodot
Gengenbach Heine
Storm Casanova Tersteegen Gilm Grillparzer Georgy
Chamberlain Lessing Langbein Gryphius
Brentano Lafontaine
Strachwitz Claudius Schiller Kralik Iffland Sokrates
Katharina II. von Rußland Bellamy Schilling
Gerstäcker Raabe Gibbon Tschechow
Löns Hesse Hoffmann Gogol Wilde Gleim Vulpius
Luther Heym Hofmannsthal Morgenstern
Klee Hölty
Roth Heyse Klopstock Kleist Goedicke
Luxemburg Puschkin Homer Mörike
La Roche Horaz Musil
Machiavelli Kierkegaard Kraft Kraus
Navarra Aurel Musset
Nestroy Marie de France Lamprecht Kind Kirchhoff Hugo Moltke
Laotse Ipsen Liebknecht
Nietzsche Nansen Ringelnatz
Marx Lassalle Gorki Klett Leibniz
von Ossietzky May
vom Stein Lawrence Irving
Petalozzi Knigge
Platon Pückler Michelangelo Kafka
Sachs Poe Liebermann Kock
Korolenko
de Sade Praetorius Mistral Zetkin

Der Verlag tredition aus Hamburg veröffentlicht in der Reihe **TREDITION CLASSICS** Werke aus mehr als zwei Jahrtausenden. Diese waren zu einem Großteil vergriffen oder nur noch antiquarisch erhältlich.

Symbolfigur für **TREDITION CLASSICS** ist Johannes Gutenberg (1400 — 1468), der Erfinder des Buchdrucks mit Metalllettern und der Druckerpresse.

Mit der Buchreihe **TREDITION CLASSICS** verfolgt tredition das Ziel, tausende Klassiker der Weltliteratur verschiedener Sprachen wieder als gedruckte Bücher aufzulegen – und das weltweit!

Die Buchreihe dient zur Bewahrung der Literatur und Förderung der Kultur. Sie trägt so dazu bei, dass viele tausend Werke nicht in Vergessenheit geraten.

Ein Tag / Ivar Bye

Zwei Erzählungen

Bjørnstjerne Bjørnson

Impressum

Autor: Bjørnstjerne Bjørnson
Übersetzung: Maria von Borch und G. I. Klett
Umschlagkonzept: toepferschumann, Berlin

Verlag: tredition GmbH, Hamburg
ISBN: 978-3-8424-0363-5
Printed in Germany

Text der Originalausgabe

Björnstjerne Björnson

Ein Tag – Ivar Bye

Zwei Erzählungen

Einzige berechtigte Übersetzung aus dem Norwegischen von Maria von Borch und G. I. Klett

Ein Tag

Deutsch von Maria von Borch

I

Man nannte Ella gewöhnlich »die mit dem Zopf«. Aber wie dick der Zopf auch war, – hätte ihn eine getragen, die minder hübsch, minder freundlich und unbefangen gewesen, so würde kaum jemand ihn bemerkt haben; das muntere Leben, das er da hinten für sich allein lebte, wäre dann mit Schweigen übergangen worden. Und das, trotzdem er der dickste Zopf war, den irgend jemand dort in der kleinen Stadt je getragen hatte. Vielleicht nahm er sich auch stärker aus, als er war, weil Ella selbst klein war. Wie weit er hinunter reichte, kann man nicht gut sagen; er reichte ein gutes Stück bis unter die Taille, ein *sehr* gutes Stück sogar. Seine Farbe war unbestimmt, und folglich auch unnennbar. Sie fiel ein wenig ins Rötliche; aber dort in der Stadt pflegte man zu sagen, er sei blond, und dabei können wir ja bleiben, da wir die Mittelfarben nicht besonders zu bezeichnen pflegen. Das Gesicht zeichnete sich durch seine weiße Haut aus, war hübsch geformt mit geraden Zügen von der Stirn bis zum Kinn, hatte einen kurzen, aber vollen Mund und selten unbefangene Augen. Sie hatte bei ihrer Kleinheit eine starke Figur, aber etwas zu kurze Beine; um so schnell vorwärts zu kommen, wie sie ihrer Natur nach mußte, hatte sie sich einen raschen Trab angewöhnen müssen. Dies Rasche hatte sie übrigens bei allem, was sie vornahm, und daher hatte der Zopf es auch wohl eiliger, als Zöpfe es gewöhnlich haben.

Ihre Mutter war die Witwe eines Beamten, hatte ein kleines Vermögen neben ihrer Pension und wohnte in ihrem eigenen kleinen Hause, dem Hotel gegenüber, gleich am Marktplatz der Stadt. Sie war eine von den Stillen; der Mann war ihre Bestimmung, ihr Stolz, ihr Licht gewesen. Als sie ihn verlor, wich der Lebensmut von ihr; sie kroch in religiösen Grübeleien in sich zusammen. Da sie aber nicht herrschsüchtig war, ließ sie ihr einziges Kind der eigenen Natur folgen, welche der des Vaters glich. Die Mutter verkehrte mit niemandem, als mit einer älteren Schwester, die auf einem großen Gute, ein Stück von der Stadt entfernt, ansässig war; aber Ella durfte Gefährtinnen von der Schule, von Bootfahrten, vom Schlittschuhlaufen, Skifahren, ins Haus bringen; diese blieben übrigens beständig dieselben. Ihrer Wahl haftete eine angeborene Vorsicht an, ihre Lebhaftigkeit wurde durch den Umgang mit der Mutter und die Stille des Hauses gedämpft. Es lag also in ihr, daß sie munter und leicht, ohne Lärmen, war – ziemlich unbefangen, aber mit Herrschaft über sich, und daher achtsam.

Um so wunderlicher war das, was ihr passierte, als sie im Heranwachsen war, so ungefähr vierzehn, fünfzehn Jahre alt. Sie begleitete ein paar Freundinnen in ein Konzert, das der Gesangverein der Stadt und ein paar Dilettanten zu Weihnachten für die Armen gaben. In diesem Konzert sang Axel Aarö »Schlaf in Ruh!« von Möhring. Wie allgemein bekannt, leitet ein gedämpfter Männerchor den Gesang ein; er breitet Mondenschein vor ihm aus, und immer mehr Mondenschein, und darin kam Aarö's Stimme mit langen Ruderschlägen daher. Die Stimme war ein voller, runder Baßbaryton, an dem die Leute großes Behagen fanden. Ohne Riß und ohne Fehl, hätte man ihn gerade wie eine Schnur von dort nach Wien spannen können. Aber Ella hörte aus dieser gleichmäßigen Stimme noch eine zweite heraus, einen Nebenklang von Schwäche oder Schmerz, und sie meinte, alle müßten ihn hören. Eine Bewegung im innersten Innern, eine rührende Vertraulichkeit, die sie ums Herz faßte und sagte: »Trauer! O Trauer ist das Los meines Lebens Ich kann nicht dafür, ich bin verloren!« Ehe sie sich's versah, war sie nahe am Weinen. Etwas Eindringlicheres als diese Stimme war ihr noch nicht vorgekommen, von Ton zu Ton stieg es: sie verlor die Macht über sich und merkte es nicht. Er stand dort so hochgewachsen, schlank, der blonde, weiche Bart fiel auf die Brust herab; der Kopf war klein mit großen, schwermütigen Augen, Geschwistern der Stimme; auch auf dem Grunde der Augen lag etwas, das sagte: »Trauer, Trauer!« Diese Schwermut in den Augen hatte sie vorher schon gesehen, hatte aber nicht gewußt, was sie sah, bis jetzt, wo sie die Stimme hörte. Und die Thränen wollten heraus. Sie durften nicht. Sie sah sich um; sonst weinte niemand; sie preßte die Zähne zusammen, drückte die Arme an den Körper und die Knie zusammen, so daß es schmerzte, ja, sie bebte, weshalb in aller Welt mußte dies gerade ihr und keinem andern geschehen? Sie drückte das Taschentuch an den Mund und jagte ihre Gedanken hinaus bis an die äußerste

Scheereninsel, wo sie den Leuchtturm hatte aufleuchten und wieder verlöschen und die See jedesmal voll Gespenster gesehen hatte. Aber nein! Sie kehrten wieder zurück zu ihr, dort wollten sie nicht bleiben. Das Taschentuch, die Hände, warnende Augen vermochten das erste Schluchzen nicht aufzuhalten, das hervorbrach! Vor den entsetzten Augen aller stand sie auf, kam schnell und behende hinaus und ließ sich dort gehen. Niemand folgte ihr, niemand wagte, sich zu ihr zu bekennen.

Du, der du dies liest, begreifst du, wie entsetzlich es war? Warst du einmal in solch einem – beinahe hätte ich geschrieben,»stillen« Konzert in einer norwegischen Küstenstadt von halb pietistischer Zucht? Männer sind beinahe keine da; entweder liegt die Musik den Männern in den Küstenstädten nicht, oder sie sind hier im Klub in einem andern Raum – am Billard, am Kartentisch, in der Restauration, bei Punsch und Zeitungen. Einige von ihnen sind einen Augenblick heraufgekommen und stehen hinten an der Thür; stehen wie Leute, die zum Hause gehören und sich die Gäste ein wenig ansehen wollen. Oder es sitzt wirklich hie und da eine Mannsperson auf der Bank, und ist zwischen die buntscheckige Unterrocks-Rinde eingeklemmt wie ein abgebrochener Zweig; oder es sind ein paar Exemplare an der Wand entlang festgeklebt wie vergessene Paletots.

Nein, was sich zum Konzert einstellt, das sind die Harems der Stadt. Die älteren Einwohnerinnen der Harems, um unter holdem Text und beweglicher Musik noch einmal wieder zu träumen, was sie einst selbst zu sein geglaubt, und was sie damals glaubten, daß ihrer harrte. Dort oben kennt man sie eigentlich besser, als hier unten; wenn auch ein bißchen Küchengeruch, ein wenig Hauslärm in die Träume hineinschlägt – das stört nicht.

Die jüngeren Bewohnerinnen des Harems träumen, daß sie so sind, wie die älteren gewesen zu sein glauben und daß *sie* sicher ein wenig von dem erreichen werden, was die älteren nicht erreichten. *Sie* wissen gut Bescheid über das Leben. In *einem* gleichen sich beide Alter, sie sind von praktischer Abstammung in kleinen Verhältnissen; sie trauen sich nicht zu weit fort. 5ie sind so vollkommen darüber im Reinen, daß das Leuchten, welches aus dem Text und den

Tönen größerer Geister auf sie herabfällt, nicht vollständig Ernst ist, sondern ein bißchen »von allem möglichen.«

Wenn daher eine einzelne es allzu ernst nimmt und anfängt zu flennen – du lieber Gott, im frivolen leben nennt man es Albernheit, im öffentlichen heißt es, sich bloßstellen. Ella hatte sich bloßgestellt.

Ihr eigener Schrecken kannte kaum irgendwelche Grenzen, von allen Mädchen, mit denen sie verkehrte, war sie diejenige, der die Tränen am schwersten kamen, davon war sie überzeugt, Sie fürchtete es wohl so gut wie irgend eine, daß man sie ansah und besprach. Was in aller Welt war daher dies? sie liebte Musik, sie spielte Klavier; aber für besonders musikalisch begabt hielt sie sich nicht. Weshalb mußte denn gerade sie so seltsam von einem Gesang gepackt werden?

Was mußte er von dem halberwachsenen Mädel denken? Dies letztere quälte sie am meisten. Hierüber wagte sie sich zu keiner lebenden Seele auszusprechen. Das Erstaunen der meisten begnügte sich damit, daß sie krank gewesen sei; sie blieb eine Zeitlang nachher auch zu Hause und war bleich, als sie wieder ausging. Die Freundinnen neckten sie, aber sie ließ es unbeachtet.

In diesem Winter wurden mehrere Kinderbälle abgehalten. Der vierte in der Reihe war bei »Arnesens an der Ecke«, und Ella war auch dort. Der Ball war bis zum Ende der zweiten Française gekommen, als sie flüstern hörte: »Axel Aarö! Axel Aarö!« Und da stand er in der Thür mit drei andern jungen Herren hinter sich. Die Hausfrau war seine ältere Schwester. Die vier jungen Herren kamen von einer Spielgesellschaft; sie wollten zusehen.

Ella fühlte, daß sie wie mit Glut übergossen war; zugleich fühlte sie eine Schwäche in den Knieen, als wollten sie zusammenknicken. Sie begriff es nicht recht, fühlte aber große Augen auf sich gerichtet. Sie war ganz in eine Falte ihres Kleides vertieft, die nicht in derselben Linie fiel wie die anderen, da stand er vor ihr und sagte: »Sie haben doch einen herrlichen Zopf.« Die Stimme überschüttete diesen gleichsam mit Goldstaub. Er hob die Hand, als wolle er ihn berühren, statt dessen aber führte er sie an seinen Bart. Als er ihre tiefe Verlegenheit bemerkte, wollte er nicht länger stehen bleiben und wandte sich ab.

Später fühlte sie seine Blicke noch mehreremal; aber er kam nicht mehr zu ihr. Die andern Herren nahmen teil am Tanz, Aarö tanzte nie. Er hatte etwas im Wesen an sich, das in seiner Weise das Angenehmste war, was sie kannte. Eine zurückhaltende Vornehmheit, ein Stil im Auftreten, eine rücksichtsvolle, langsam zögernde Art, wohl auch die einzige Art, die sie verstanden haben würde. Sein Gang machte den Eindruck, als halte er die Hälfte seiner Kraft zurück, und so war es in allem. Er war hochgewachsen; der kleine, etwas schmale Kopf saß auf einem ziemlich hohen Hals, die Schultern waren nicht breit; aber bis jetzt hatte sie nie die Weise beachtet, wie er Kopf und Oberkörper drehte, noch hatte sie gewußt, daß etwas beinahe Musikalisches darin liegen könne.

Was hiernach geschah, und das Zimmer, in dem es geschah, alles floß zusammen in Licht. Aber mit einem Mal war es nicht mehr so. Gleich darauf hörte sie auch:»Wo ist Axel Aarö? ist er fortgegangen?«

Er war in diesem Winter nicht lange zu Hause. Er war zwei Jahre in Havre gewesen und kam gerade von dort; nun wollte er auf zwei Hahre nach Hull.

Bis jetzt war die Musik eine liebe Beschäftigung für Ella gewesen; besonders hatte sie Harmonieen geliebt und sie gesucht. Jetzt gab sie sich den Melodieen hin. Sie hatte dem Klange gelauscht und sich darin versucht. Jetzt wurde die Musik zur Sprache. Sie selbst sprach darin, oder jemand sprach zu ihr.

Außer all den Leuten, die in einer Gesellschaft waren, war von jetzt ab immer *noch* einer da. Nie mehr allein, nicht auf der Straße, nicht zu Hause. Und der Zopf war das heilige Zeichen geworden.

Im Frühling begegnete Frau Holmbo ihr auf der Straße. Ella kam mit ihrem Psalmbuch in der Hand vom Prediger.»Gehen Sie zum Konfirmationsunterricht?« –»Ja.« –»Ich habe einen Gruß für Sie. Können Sie raten, von wem?« – Nun war Frau Holmbo eine Freundin von Axel Aarö's Schwester und beständig mit der Familie zusammen. Ella wurde rot und konnte nicht antworten.»Ich sehe schon, Sie wissen, von wem«, sagte Frau Holmbo, und noch roter wurde Ella. Mit einem Lächeln, das ziemlich überlegen war – und davon hatte die schönste Dame der Stadt im Überfluß – sagte sie: »Axel Aarö schreibt nicht gern. Jetzt bekamen wir den ersten Brief nach seiner Abreise. Aber darin schrieb er, wenn wir »die mit dem Zopf« sähen, sollten wir sie von ihm grüßen. Sie hat bei Möhrings Lied geweint; das hättet ihr andern auch tun können, schreibt er.«

Die Tränen kamen Ella in die Augen. »Na, na«, tröstete Frau Holmbo, »dabei ist doch nichts Böses.«

II

Zwei Jahre später, im Winter, kam Ella mit ihren Schlittschuhen in der Hand hurtig vom Eise herauf. Sie hatte zum erstenmal die neue anschließende Jacke an; es war wirklich hauptsächlich diese, die sie hinaus getrieben hatte. Der Zopf kam munter unter der grauen Mütze hervor, er war dicker und länger denn je; es ging ihm vortrefflich.

Sie machte wie immer einen Umweg bei »Andresens an der Ecke« vorbei; das Haus zu sehen genügte ihr.

Und gerade, als ihr Auge auf das Haus fiel, stand Axel Aarö in der Tür. Er kam langsam die Treppe herunter; er war wieder zu Hause! Der blonde Bart fiel zierlich auf das schwarze Pelzwerk, die Pelzmütze bedeckte die kurze Stirn ganz und gar, so daß sie die Augen einrahmte, die großen anziehenden Augen.

Sie sahen sich an, sie mußten aufeinander zu, an einander vorübergehen; er lächelte, indem er an die schwarze Pelzmütze griff, und sie – blieb stehen und knixte wie ein Schulmädchen in kurzen Kleidchen!

Seit zwei Jahren war sie nicht stehen geblieben, hatte nicht anders, als mit dem Kopfe gegrüßt, ja, wie jede erwachsene Dame; wer klein ist, hält mehr als andere auf dieses Vorrecht. Aber vor ihm, vor dem sie am liebsten erwachsen sein wollte, vor ihm blieb sie stehen und knixte, wie damals, als er sie zuletzt gesehen! Noch von diesem Unglück verwirrt, stürzte sie in ein zweites hinein. Sie sagte sich: »Sieh dich nicht um! Halt dich stramm, sieh dich nicht um, hörst du! – Aber an der Ecke, als sie gerade umbiegen mußte, kehrte sie sich doch um – und sah ihn dasselbe tun! Von diesem Augenblick an gab es keine Menschen, keine Häuser, nicht Zeit, nicht Ort mehr. Sie wußte nicht, wie sie sich nach Hause fand, oder weshalb sie auf ihrem Bette lag, das Gesicht ins Kissen vergrub und weinte.

Vierzehn Tage darauf große Jugend-Gesellschaft im Klub. Axel Aarö zu Ehren. Alle wollten dabei sein, alle wollten ihren beliebten Kameraden zu Hause willkommen heißen, von Hull hatten sie auch gehört, wie unentbehrlich er nach und nach dort drüben in der Gesellschaft geworden war. Wenn seine Stimme größeren Umfang gehabt hätte, – sie umfaßte nämlich nicht viele Töne – so wäre er jetzt an »*Her Majesty's Theatre*.« So wurde erzählt. Auf dem Balle sollte der Gesangverein – sein alter Gesangverein wieder mit ihm zusammen singen.

Ella war mit dabei! Sie kam zu früh, – vor ihr waren nur vier da. Sie fror vor Erwartung in den leeren Zimmern und halb offenen Gängen, meist aber im Saal, in dem sie sich einst »bloßgestellt« hatte! Sie trug ein rotes Ballkleid ohne irgend welchen Schmuck, ohne Blume; die Mutter wünschte es so. Sie fürchtete, sich verraten zu haben, indem sie so früh kam; sie hielt sich allein in einem Nebenzimmer auf und kroch nicht eher hervor, als bis mehr Licht angezündet war und Duft und Geplauder und das Stimmen der Instrumente dazu einlud. Mit den Bällen jetzt und früher ist es *der* Unterschied, daß es jetzt sofort lebhaft zugeht; das hat der Sport bewirkt; er hat größere Vertraulichkeit zwischen den Geschlechtern geschaffen. Klein, wie Ella war, verschwand sie in der Menge und sah Axel Aarö nicht eher, als bis sie mehrere flüstern hörte: »Da ist er!« und jemand hinzufügte: »Er kommt hierher zu uns!« Frau Holmbo war es, die er suchte und begrüßte; aber dicht hinter dieser stand Ella. Als sie sich entdeckt sah, wurde die Knospe noch roter als die Deckblätter. Sofort verließ er Frau Holmbo. »Guten Abend!« sagte er ganz leise und streckte die Hand aus, die sie annahm ohne aufzusehen. »Guten Abend!« sagte er noch einmal, noch leiser und noch näher. Sie spürte einen leichten Druck und mußte aufblicken; es geschah mit einer schüchternen Botschaft von Treuherzigkeit und Angst, die hastete an allen vorüber, erklärte nichts und gab niemandem Ärgernis. Er sah auf sie hinab und strich sich den Bart dabei; aber ob er nun nichts zu sagen hatte (er war ja wortkarg) oder ob er nicht sagen konnte, was er wollte, – alle schwiegen mit ihm. Mit der ihm eigenen milden Art wandte er sich und ging, wurde von Kameraden aufgefangen, und später sah sie ihn nur dann und wann in der Ferne; er tanzte nicht.

Sie aber tanzte; alle waren sich einig darüber, daß sie »süß« sei (das wurde mit Respekt gesagt), und dann lag an diesem Abend ein lieblicher Hauch von Freude auf ihr. Wo Axel Aarö auch im Saal stand, sie fühlte ihn und empfand einen stillen Jubel, an ihm vorüber schweben zu können. Seine Augen begegneten den ihren und folgten ihr; seine Nähe machte, daß sie alle und alles strahlend fand.

An den Türrahmen gelehnt, sah man einen großen, starken Mann »Aufsichtskomitee« bilden. Er mochte zwischen dreißig und vierzig Jahren sein, letzterem näher; ein sturmfestes Gesicht, breitgeschnitten, aber kühn; schwarzes Haar, braungrüne Augen, die Gestalt eines Riesen. Jedermann im Saal kannte ihn, Hjalmar Olsen, den mutigen Führer des größten Dampfschiffes im Lande. Er musterte alle, die vorbeitanzten, fand aber, daß der Kleinen im roten Kleide der Preis gebühre; sie anzusehen bereitete am meisten Vergnügen. Einesteils war sie außerordentlich hübsch und dann sprang ihre unbefangene Glückseligkeit auf ihn selbst über. Als Axel Aarö ihm näher kam, bekam Hjalmar Olsen jedesmal auch ein klein wenig von der Verliebtheit ab, die ihr aus den Augen strahlte. Sie tanzte jeden einzigen Tanz. Hjalmar Olsen war groß genug, um durch den ganzen Saal einen Schimmer von ihr zu erhaschen. Auch sie bemerkte ihn; bald wurde er zum Leuchtturm in ihrem Fahrwasser. Aber ein Leuchtturm, der Herz für die Schiffe hatte, – so fühlte er beispielsweise jetzt, daß sie dort an Peter Klaussons Weste in Gefahr sei. Er kannte Peter Klausson.

Ihre winzig kleinen Füße trippelten Walzer, ihr Zopf hüpfte Polka, die Füße dreiviertel Takt, der Zopf vierviertel. Aber Peter Klausson drückte sie zu fest an die Weste!

Darum suchte er sie gleich auf, als der Walzer zu Ende war; aber es war nicht so leicht, sich einen Tanz zu erhandeln; erst der nächste Walzer war frei, und den bekam er. Im selben Augenblick, als dies abgemacht war, strömten alle nach der Tribüne; der Gesangverein zeigte sich da oben. Sie war hilflos klein, die Ella, wenn alle drauf los stürmten und sich zusammen packten; Hjalmar Olsen, der ihre unglücklichen Versuche, ein Guckloch zu erhaschen, sah, erbot sich, sie auf die Bank zu heben, die an der Wand entlang lief, an der sie standen. Sie wagte es nicht; aber im selben Augenblick sah er andere hinauf klettern, und eh sie's noch hindern konnte, war sie selbst oben. Gerade da trat Axel Aarö zwischen seine Kameraden und wurde mit dem lebhaftesten Händeklatschen von allen anwesenden Freunden, Männern und Frauen begrüßt. Er verbeugte sich ehrerbietig und zurückhaltend; aber die Willkommgrüße wollten kein Ende nehmen, bevor die Kameraden sich nicht ein wenig zurückzogen und er ganz vortrat. Zuerst stimmte der Verein eins von den ältesten Liedern an; Aarö sang seine Stimme zwischen all den andern, was allgemein gefiel. Darauf trat der Dirigent an das Klavier, um ein Lied zu begleiten, das Aarö allein singen wollte. Das Lied war von Selmer und in der Hauptstadt schon in der Mode; es wurde von Männern wie von Frauen gesungen, das »sie« der letzten Strophe wurde nur in »er« umgeändert. Hier war es noch nie gehört worden.

Schon während der verein sang, hatte Aarö im Saal umhergespäht, und von dem Augenblick an, wo er dort hin geblickt, wo Ella stand, hatte er kein Auge von da verwandt. Jetzt stellte er sich an jene Seite des Klaviers und während des Singens blickte er unverwandt dorthin. Je nachdem er hineinkam, wurden seine schwermütigen Augen durchleuchtet, seine Gestalt wurde plastisch.

Ich sing' nur für die einzige,
Wenn And're auch mein Lied erfreut,
So ist es doch die einzige,
Der ich es hab' geweiht.
Ihr, die Ihr lauschet, stärkt den Klang;
Denn wär' nicht jene einzige,
Die machte, daß mein Lied gelang, –
Ihr hörtet keinen Sang.

Jeg synger for een eneste,
om ogsaa alle hörer paa,
og bare denne eneste
kan Sanden helt forstaa.
Men I, som höhrer, styrk deus Klang;
for var ej denne eneste,
som vakte nu min Tonetrang,
da fick I ingen Sang.

Der Weg ist nicht der kürzeste,
Er schlinget sich durch Alle hier,
Jedoch er ist der einzige,
Der führet hin zu ihr!
Ihr Guten, höret, stärkt das Wort,
Damit es werd das einzige,

Das in der Brust ihr tönet fort,
Ein lieblicher Akkord!

Er Vejen ej den beneste,
forgrenet gjennem alle her,
so er den dog den eneste,
som kommer ganske naer.
Aa, gode Hjerter, styrk hvert Ord;
so de maa bli de eneste
I hele Kjaerlighedens Kor,
som hun af Hjaertet tror.

Seine Stimme war berückend; eine solche Liebesbotschaft hatte noch keiner je gehört. Jetzt waren außer Ella noch andere da, die Tränen in den Augen hatten.

Sie standen eine Weile, als warteten sie auf einen weiteren Vers, – daher Stille; aber dann brach ein Beifall los, desgleichen niemand je gehört hatte. Sie wollten das Lied noch einmal hören. Aber noch hatte keiner je erlebt, daß Axel Aarö etwas zweimal hintereinander gesungen hatte. Sie mußten es also aufgeben.

Ella hatte das Lied nie gehört, weder die Worte noch die Töne. Als er anfing, den Blick auf sie gerichtet, glaubte sie umfallen zu müssen; etwas so unerhört Kühnes hatte sie nicht geahnt. Er, sonst so wortkarg, rücksichtsvoll und zurückhaltend, ihr dies entgegenzusingen, so daß alle es hörten! Weiß wie die Wand, an die sie sich stützte, bekam sie eine solche Atemnot, daß sie sich nach Hilfe umsehen mußte. Gleich hinter ihr, ebenfalls auf der Bank, stand Frau Holmbo, magnetisiert, schön wie eine Statue.

Sie sah nicht mehr von Ellas Not als von der Uhr auf dem Marktplatz. Diese absolute Teilnahmlosigkeit kühlte sie ab; sie kam wieder zu sich. Die Gegenwart der andern, die ihr so entsetzlich gewesen, hatte ja nichts zu bedeuten, solange keiner was begriff. Schließlich hörte sie ohne Angst zu. Den zweiten Vers ganz und gar. Heimlicher, reizender konnte es ihr nicht gesagt werden, obgleich alle zuhörten. Wenn er sie nur nicht angesehen hätte! Wenn sie sich nur hätte verstecken können! –

Sobald der letzte Ton verhallte, sprang sie herunter. Unten zwischen all den Schultern fand sie ihre Schamhaftigkeit wieder, ihren wonneerfüllten Traum, ihr Geheimnis in bräutlicher Kleidung. Was war doch geschehen, und was würde nun das nächste sein? Rund umher funkelnde Augen, jubelnde Stimmen, klatschende Hände, – war das nicht wie Fackeln und Huldigungsrufe, war das nicht auch für sie mit? Drinnen nur er und sie, – all die andern draußen! –

Der Tanz begann sofort, – und sie hinein! Hinein, als sei alles ihr zu Ehren, oder als sei sie die einzige! Ihre Kavaliere versuchten einer nach dem andern mit ihr zu plaudern, aber es nützte nichts. Sie lachte, – lachte ihnen in die Augen, als wären sie verrückt, und sie allein die verständige, Sie tanzte, strahlte, lachte aus den Armen des einen hinüber in die Arme des andern. So daß Hjalmar Olsen, als er seinen Walzer bekam, gleichsam achtzehn frische Bouquets und ein »Hjalmar Olsen soll leben!« entgegennahm. Er fühlte sich mehr als geschmeichelt. Als sie ihren Arm wie harmlos fröhliches Kindergeplauder auf seinen schwarzen Frack legte, fühlte er, daß er eigentlich ebenso unwürdig sei wie Peter Klausson. Er wollte sie wahrlich nicht entweihen; er hielt sie tadellos weit von sich, und als ihm war, als lache sie, und er das Gesicht der kleinen Person irgenwo unten an seiner Weste erspähen wollte und auf dieser Expedition mehr zu sehen bekam, als er sehen durfte (denn er hob ihre Arme so schrecklich hoch hinauf), da schämte Hjalmar Olsen sich und starrte beim Weitertanzen wie ein Nachtwandler geradeaus in den Saal. Tanzte in Selbstgefühl und Entzücken fort über Stock und Stein. Ella versuchte dann und wann den Boden zu berühren; sie wünschte ein mehr sicheres Einhalten des Takts. Unmöglich. Das besorgte er alles selbst, sowohl ihr Tanzen wie sein eigenes, sowohl ihren wie seinen Takt; den Tanzboden erreichte sie nicht anders als zum Vesuch; im übrigen war es eine Luftreise. Er hörte sie von unten her lachen; es freute ihn, daß sie sich wohlbefand. Aber er sah sie nicht. Die, mit denen er Zusammenstöße hatte, freuten sich weniger; das war *ihre* Sache. Er war vollständig verblüfft, als die Musik aufhörte; jetzt wollten sie ja erst allen Ernstes anfangen. Aber er mußte sie an der unfreiwilligen Haltestelle absetzen.

Gleich darauf wieder Gesang. Zuerst vom Verein allein; dann von ihm und Aarö zusammen Griegs »Landkjending«. Schließlich sang Aarö zum Klavier. Diesmal hatte Ella sich hinter die allerletzten verkrochen. Da diese aber beständig vorwärts drängten, blieb sie allein stehen. Dabei befand sie sich wohl; sie sah ihn, aber er sah sie nicht; er blickte auch nicht dorthin, wo sie stand.

Sie kannte das Lied nicht, wußte nicht einmal, daß es existierte, obgleich sie bei den ersten Worten und Tönen hörte, daß andere es kannten. Natürlich wußte sie, daß weder Worte noch Musik von ihm seien; aber gleichwie er das vorige Mal gewählt hatte, was zu jener dringen konnte, für die er singen wollte, zweifelte sie nicht daran, daß er jetzt dasselbe tat. Schon die ersten Worte: »Mein junges Lieb' den Schleier trägt – heimliche Liebe kann ja kein wahreres Bild finden! Es war wiederum an sie! Daß der Schleier nur für ihn gehoben wurde, daß er fällt, sobald ein anderer hinsieht, – war das nicht so, wie es zwischen ihnen werden mußte? Daß das Geheimnis der Liebe einem Heiligtum gleicht, daß es das höchste Glück auf Erden birgt – sie erbebte beim Wiedererkennen! Die Töne schütteten die Worte wie kalte Wogen über sie; dieses Verständnis bis zum Verrat machte sie zu Eis erstarren. Sie bebte vor Angst und Wonne zugleich. Niemand sah sie, das war ihre Rettung. Sie fürchtete jedes neue Wort, bevor es kam, und jedes brachte neues Erbeben. Die Arme an den Busen gedrückt, den Kopf über die Hände gebeugt, stand sie da und zitterte wie in Wasserfluten. Und als der zweite Vers mit seiner letzten Zeile kam, und besonders als sie wiederholt wurde, wollten die großen Tränen aufsteigen – wie schon einmal früher im selben Saal. Sie stemmte sich mit aller Kraft dagegen; aber die Erinnerung daran, wie schlecht es damals gegangen, schwächte die Widerstandskraft; sie war nahe daran zu schluchzen, als das Lied auch *dieses* Wort brachte! Das Zusammentreffen war zu großartig, es schob alle Erregung beiseite, sie hätte jetzt laut auflachen mögen. Nun war sie ganz, ganz sicher! So kam es, daß die letzte Zeile des Liedes in ihrem klaren Sinne, in ihrem jubelnden Zusammenempfinden sie traf – wie ein Blitzstrahl, wie ein Messerstich bis ans Heft.

Das Lied lautete:

Mein junges Lieb den Schleier trägt,
Für mich nur hebt sie ihn empor,
Das Auge, das kein and'rer ahnet,

Das strahlet, schmelzet, lieblich mahnet
Soll niemand schaun – den Schleier vor!

Min unge Elskov baerer Slör.
for mig hun löfter den og ler
af Öjne, ingen anden aner,
de straaler, smelter, svaerger, maner; –
men Slöret for, straks nogen ser.

Wo Zwei vereint das Gute tun,
Wird's zwiefach auch gesegnet sein.
Wenn gleiches Sehnen, gleich Empfinden
In zweien Seelen sich verbinden,
Das größte Glück ist da allein.

Alt godt, som to er ene om,
har tvefold Ynde, Hellighed.
At Livets lange Laengsler mödes
i to, som Sjael i Sjael genfödes,
er störste Lykke, Jorden ved.

Doch weshalb sie den Schleier trägt
Und schluchzet in ihm ohne Laut,
Als bebte Jammer ihr im Herzen?
Weil er gewebt aus Gram und Schmerzen,
All uns're Lieb' auf Qual erbaut.

Men hvorfor baerer hun saa Slör
og hulker i det uden Lyd,
som skulde briste hendez Hjerte?
Fordi det aevet er af Smerte, –
i Savn og Angst er al vor Fryd.

Ein erschreckender, ohrenbetäubender Beifall. Sie wollten, sie
mußten das Lied noch einmal haben; diesmal sollte Aarös vorneh-
mer Widerstand sich für besiegt erklären.

Aber er leistete nicht Folge, und endlich gaben einige es auf, andere fuhren eigensinnig fort. In der Zwischenzeit trennten einige
Damen sich von dem Haufen; sie kamen an Ella vorüber. »Hast du

Frau Holmbo gesehen, wie sie sich versteckt und geweint hat?« –
»Ja. Aber hast du sie während des ersten Liedes gesehen? Oben auf
der Bank? *Ihr* hat er die ganze Zeit zugesungen.«

Kurz darauf – es mochte zwei Uhr nachts sein – schoß eine kleine,
dicht verhüllte Dame pfeilschnell durch die Straßen. An der Kopf-
bedeckung und anderm sahen die Wächter, daß es eine von den
Balldamen sein müsse. Sonst pflegten sie begleitet zu werden; aber
der Ball war noch nicht zu Ende; da war gewiß irgend etwas nicht
in Ordnung, sie ging auch so schnell.

Es war Ella. Sie eilte gerade an dem verlassenen Rathause vorüber, aus dem jetzt ein Speicher gemacht war. Die äußeren Mauern
waren stehen geblieben, aber innen das schöne Holzwerk war ver-
kauft und forttransportiert worden.

Das ist gerade wie mit mir, dachte Ella; sie eilte, so sehr sie konnte, Nächten ohne Schlaf und Tagen ohne Freude entgegen.

Gegen Morgen wurde Axel Aarö sinnlos betrunken von Kameraden nach Hause gebracht. Einige sagten, er habe ein Bierglas voll
Whisky hinunter gegossen in dem Glauben, daß es Bier sei; andere
sagten, er sei »Quartalssäufer« geworden, sei es lange gewesen,
habe es jedoch verheimlicht. »Quartalssäufer« heißen Leute, die in
längeren Zwischenräumen trinken müssen. Sein Vater war es vor
ihm gewesen.

Ein paar Tage darauf ging Axel Aarö in aller Stille nach Amerika.

III

Noch einer von jenem Balle dampfte gleichzeitig über den Atlantischen Ozean; das war Hjalmar Olsen. Das Schiff wurde von einem ewigen Nordweststurm verfolgt, und wenn es allzu arg wurde, trank er Grog dazu. Aber jedesmal wenn er es tat, wunderte er sich, daß er einer Erinnerung vom Balle von Angesicht zu Angesicht gegenüberstand; der kleinen Rosenroten, »der mit dem Zopf«. Hjalmar Olsen meinte, er habe sich ihr gegenüber ziemlich gentlemanlike benommen.

Anfangs dachte er nicht weiter darüber nach. Zweimal war er verlobt gewesen, und beide Male war es auseinander gegangen; sollte er zum dritten Male daran gehen, so mußte er auch gleich heiraten. Diese Erwägungen stellte er wohl an, ja, hatte sie schon öfter angestellt, aber er achtete nicht genauer auf seine eigenen Gedanken. Ein Dampfer brauchte nicht viele Tage und Nächte zwischen den Häfen, und jedesmal fand sich Unterhaltung genug. Er ging nach New-York, von dort nach New-Orleans, er fuhr hinunter nach Brasilien und von da wieder herauf. Dann wieder hinunter und endlich von dort direkt nach England und Norwegen. Aber oft unterwegs, wenn er allein war, und meistens beim Glase Grog, traf er »die mit dem Zopf«. Merkwürdig, wie sie ihn angesehen hatte. Er wurde innerlich gut, wenn er daran dachte, vom Briefschreiben hielt er nicht viel, sonst hätte er es diesmal vielleicht getan. Als er aber nach Christiania kam und von einem Manne aus der Stadt dort unten hörte, daß ihre Mutter im Sterben liege, da dachte er gleich: ich will mich wirklich nach ihr umsehen, vielleicht findet sie es hübsch von mir, wenn ich es gerade jetzt tue.

Zwei Tage später saß er vor ihr in dem kleinen Wohnzimmer, das auf den Markt und nach dem Hotel hinaus ging. Seine starken Hände, dunkel von der Sonne und von Haaren, strichen über die Knie, während er sich lächelnd vorbeugte und fragte, ob sie ihn haben wolle.

Sie saß niedriger als er; ihr voller Busen und die festen Arme waren von einem braunen Kleide umspannt, auf das er niederblickte, wenn er ihr nicht ins Gesicht sah, das so bleich und zart war. Sie fühlte das Wandern seiner Augen; sie kam aus dem Nebenzimmer und von Todesgedanken; sie hörte oben eine kleine Uhr melden, daß es sieben Uhr sei; es melden wie ein Kuckuck, und diese kleine Erinnerung an alles, was hier jetzt vorüber war ... eins mit dem andern machte, daß sie sich mit Tränen in den Augen von ihm abwandte:»Ich kann jetzt unmöglich an dergleichen denken.« Sie stand auf und trat zu ihren Blumen im Fenster.

Da mußte auch er aufstehen. Vielleicht antwortet sie mir später, dachte er, und diese Gedanken gaben ihm Worte, ein wenig unbeholfen wohl, aber deutlich. Sie schüttelte den Kopf und blickte nicht auf.

Er ging. Draußen nahm er den verkehrten Weg, und als er umkehrte und das Haus wiedersah, das kleine Puppenhaus, da verspürte er Lust, alles ins Wasser zu werfen.

Die Nacht hindurch wartete er auf das Dampfschiff aus Christiania; Peter Klausson und ein paar andere Kameraden halfen ihm dabei, und es dauerte nicht lange, so hatten sie ausfindig gemacht, in welcher Angelegenheit er gekommen, und wie es ihm ergangen war. Sie wußten auch, wie es ihm füher schon zweimal gegangen war. Hjalmar Olsen trank entsetzlich zu dem, was er litt. Tags darauf erwachte er in den größten Qualen auf dem Dampfschiff.

Kurz darauf erhielt Ella einen gut geschriebenen Entschuldigungsbrief, in dem er erklärte, daß er es gut gemeint habe, als er gerade jetzt kam; aber erst als er vor ihr gesessen, habe er gefühlt, wie verkehrt es gewesen. Sie möge ihm darum nicht zürnen.

Nach Verlauf eines Monats bekam sie wieder einen Brief; er hoffe, sie habe ihm vergeben. Er seinerseits könne sie nicht vergessen. Mehr stand nicht drin. Ella nahm beide Briefe gut auf, es war Form darin, auch Beständigkeit. Aber nicht einen Augenblick fiel es ihr ein, seinen indirekten Antrag jetzt anders aufzufassen als damals. Sie war nach Christiania gegangen, um sich im Klavier auszubilden – und in der Handelsrechnung. Letzteres nahm sie mit, weil Rechnen ihr stets leicht geworden, und weil sie unsicher geworden war. Ihre Mutter war gestorben; sie besaß das Haus und ein kleines Vermögen; sie wollte versuchen, sich selbständig zu machen. Sie verkehrte mit niemand in der fremden Stadt; sie war es gewöhnt, ohne eine Vertraute zu träumen und Pläne zu machen.

Von Axel Aarö kam eine wunderliche Nachricht. Nachdem er in New-York vor einer größeren Gesellschaft gesungen, hatte ein alter, reicher Mann ihn zu sich eingeladen, und seitdem lebten die beiden wie Vater und Sohn zusammen. So erzählte man sich in der Stadt lange, bevor ein Brief von Axel selbst kam; dieser aber bestärkte das Gerücht in allen Teilen.

Darauf erhielt Ella einen dritten Brief von Hjalmar Olsen; er fragte in ehrerbietiger Form an, ob sie es schlecht aufnehmen würde, wenn er ihr bei einer Heimkunft einen Besuch abstattete. Er wußte, wo sie wohnte.

Bevor sie noch mit sich im reinen darüber war, ob sie überhaupt antworten solle, las man in allen norwegischen Zeitungen, die es aus amerikanischen abgedruckt hatten, Hjalmar Olsen, habe mit ungewöhnlicher Tüchtigkeit und mit Gefahr für Schiff und Mannschaft in einem Orkan die Passagiere und Besatzung eines Ozeandampfers gerettet, dem dicht vor der amerikanischen Küste die Schraube gebrochen war. Zwei Dampfer waren vorüber gekommen, ohne den Versuch zu wagen, so entsetzlich war das Wetter. Er hatte sich einen ganzen Tag bei dem Dampfer aufgehalten.

Es war eine seltene Tat, die er da vollbracht hatte. In New-York und später, als er nach Liverpool kam, wurde er in den Seemannsklubs gefeiert, bekam Ehrenzeichen und Adressen.

Als er von dort nach Christiania kam, bekam er der Auszeichnungen mannigfache. Groß und ansehnlich wie er war, wurde ihm die Huldigung des Volkes gar leicht zu teil. Sie wurde ihm jetzt im großen Stil dargebracht.

Mitten drin suchte er Ella auf. Sie hatte sich gut versteckt; sie dachte seit ihrer Niederlage so gering von sich. Im voraus war sein Bild ein wenig zu übernatürlicher Größe herangewachsen, und als er nun selbst kam und sie heraus holte, war es, als ob sie aus der Stubenluft wieder in Wind und Sonnenschein hinauskäme. Ja, sie empfand etwas von dem alten Selbstvertrauen. Seine Gefühle für sie waren dieselben; das merkte sie bald, als sie ihn studierte. Gesellschaftliche Formen hatte er, und voll Würde nahm er Huldigungen und Aufmerksamkeiten entgegen; hielt keine unzeitigen Reden. Sie hatte gehört, daß er gerne ein Glas zuviel trank, aber sie sah davon nichts. Ein schöner Mann, ja, ein Mann wie wenige, – vielleicht ein wenig abgearbeitet, aber das waren ja die meisten Seeleute. Vor etwas Unbestimmtem in den Augen hatte sie Angst, ebenso vor seiner Gier, wenn er bei Tische saß. Zuweilen erschrak sie auch vor dem Gewaltsamen in seinen Ansichten, wäre sie zu Hause gewesen und hätte sich erkundigen können! Aber er wollte sofort wieder abreisen und hatte im Scherz geäußert, wenn er jetzt freite, so wolle er sich zugleich verloben und verheiraten. Diese Einfachheit und Hast gefielen ihr. Auch die Kraft und auch die Eigenmächtigkeit, obgleich sie sie fürchtete. Fürchtete und sich außerordentlich wohl dabei befand, daß soviel Kraft und Eigenmächtigkeit sich gerade vor ihr beugten, und das jetzt, wo alle um ihn warben.

Da kam sie auf etwas, was sie außerordentlich verständig dünkte; für den Fall wollte sie zwei Bedingungen stellen: Verwaltung des eigenen Vermögens und niemals mit ihm reisen. Wenn seine Kraft und Eigenmächtigkeit etwa zügellos werden sollten, so wurde dadurch eine Grenze gesetzt, und sie konnte ihm von Anfang an zu verstehen geben, daß, wie klein sie auch sei, sie sich und das Ihre zu schützen gedächte.

Als der Antrag kam – es war in einer Theaterlöge – fehlte es ihr jedoch an Mut, es zu sagen. Sie bat um Bedenkzeit. Der Ausdruck, den sein Gesicht annahm, flößte ihr Furcht ein – zum erstenmal. Später dachte sie oft daran. Anstatt diesem unmittelbaren Eindruck nachzugeben, fing sie an zu sinnen, was wohl geschehen würde, wenn sie jetzt wieder nein sagte! Sie hatte ja seine Freundlichkeit angenommen, obgleich sie wußte, was kommen würde. Die Bedingungen, die Bedingungen – mögen sie entscheiden! Nahm er sie an, so sollte es sein, und dann hatte es auch wohl keine besondere Gefahr. So schrieb sie und nannte die Bedingungen.

Er kam am nächsten Tage und bat um die notwendigen Papiere, dann würde er selbst alles ordnen, sowohl das mit dem Ausschluß der Gütergemeinschaft wie mit dem Kontrakt; er faßte es also als Geschäft auf und schien wohl zufrieden.

Drei Tage darauf wurden sie getraut. Große Feierlichkeit und großer Zulauf; die Zeitungen hatten nämlich darauf aufmerksam gemacht, Huldigung und Ehrenbezeugungen hinterher, Prunk und Reden untermischt mit Witzen über seine Größe und ihre Kleinheit – es dauerte von fünf Uhr nachmittags bis zwölf, ein Uhr nachts in ziemlich gemischter Gesellschaft. Als es spät wurde und der Champagner gar kein Ende nahm, wurden viele lärmend und tüchtig zudringlich. Darunter auch der junge Ehemann.

Am nächsten Morgen sieben Uhr saß Ella angekleidet und ganz allein in einem Zimmer neben der Schlafstube, deren Tür offen stand; sie hörte ihren Mann dort schnarchen.

Leichenblaß und still saß sie, gelähmt durch die Schrecken der Nacht, ohne Tränen, ohne Empfindung. Sie teilte die Ereignisse der Nacht in zwei Teile: in das, was geschehen war, und das was gesagt worden – sie wußte nicht, was am schlimmsten gewesen.

Die Begierde dieses Mannes war von tödlichem Haß entflammt! Als sie das erste Mal nein gesagt, hatte er es zum Ziel seines Lebens gemacht, sie dahin zu bringen, daß sie ja sagte; das erzählte er. Erzählte, daß *sie* für den Verruf büßen solle, in den er gekommen, – nahe daran, zum drittenmal bloßgestellt zu werden. Sie solle für alle büßen, sie, die es gewagt hatte, kränkende Vedingungen zu stellen! wie ein Ding, wie eine Dirne würde er sie behandeln!

Ihrer Berechnung werde er das Genick brechen, wie einer Garneele, – sie solle sich nur unterstehen, nicht mit an Bord gehen oder irgend etwas selbst verwalten zu wollen!

Dann das, was geschehen war –! Die Schale einer Fliege in einem Spinngewebe, zerfressen und leergeschlürft, das war's woran sie dachte.

Aber ungefähr Ähnliches hatte sie schon einmal empfunden! O Gott, die Nacht nach dem Balle! Eine unbestimmte Empfindung, daß sie in jener Nacht für diese letzte bestimmt wurde..... aber sie konnte es sich nicht klar machen. Hingegen fragte sie sich, ob das, was uns *nicht* glückt, tiefer über uns bestimmt als das, was glückt?

Drei, vier Stunden später saß Hjalmar Olsen am Frühstückstisch, schwerfällig und schweigend; aber er beobachtete höfliche Formen, als ob nichts vorgefallen sei. vielleicht war er zu betrunken gewesen, um ganz verantwortlich gemacht werden zu können; oder vielleicht war die Höflichkeit Berechnung, um sie für einen Besuch an Bord zu gewinnen. Er bat nämlich darum, als er vom Tische aufstand.

Aber weder durch Drohungen noch durch Lockungen, weder zum Aufenthalt noch zum Besuch bekam er sie mit an Bord. Die Furcht rettete sie.

Einige Monate später saß sie in ihrer Vaterstadt im eigenen kleinen Hause. Die Zeitungen machten bekannt, daß sie Schülerinnen für Klavierspiel und Handelsrechnung suche.

Sie war schwanger.

Ein Jugendfreund Axel Aarö's besuchte sie. Er solle sie vielmals von Aarö grüßen und ihr Glück zu ihrer Heirat wünschen. Sie zwang die aufquellende Bewegung nieder und fragte sanft, wie es Axel Aarö gehe. O, ganz ausgezeichnet; er sei immer noch bei demselben alten Manne, der nach und nach alles für ihn geworden sei. Dies sei so recht etwas für Aarö; es paßte ihm daß einer alles für ihn geworden. Und dann habe er eine Kur gegen sein ererbtes Übel durchgemacht; er selbst glaube, daß er geheilt sei. Wie es Frau Holmbo gehe, fragte Ella. Sie erschrak, als sie es ausgesprochen hatte; aber es war eine unwillkürliche Bitterkeit, die hervorbrach. Sie hatte Frau Holmbo so mager und bleich gesehen; Frau Holmbo vermißte ihn wohl, und das war zuviel.

Der Freund lächelte:»O, sie haben das dumme Gerücht gehört? Nein, Axel Aarö war nur der Vermittler zwischen ihr und dem, den sie heimlich liebte. Die beiden Freunde hatten im Auslande zusammen gewohnt, vor einigen Monaten war der Betreffende auf einer Geschäftsreise in Kopenhagen, und Frau Holmbo war auch hinunter gereist. Aber es war gewiß schon lange irgend etwas zwischen ihnen nicht mehr in Ordnung.«

An diesem Abend weinte Ella noch lange, bevor sie einschlief. Sie lag und streichelte ihren Zopf, den sie über die Brust gezogen hatte. Oft hatte sie daran gedacht, ihn abzuschneiden; aber er war noch da.

IV

Im ersten Jahre bekam sie einen Knaben und noch einen im
nächsten. So oft sie allein war, teilte sie ihre Zeit zwischen ihnen
und den Unterrichtsstunden. Der Mann steuerte so gut wie nichts
zum Haushalt bei, mit Ausnahme der kurzen Zeiten, wenn er zu
Hause war. Dann wurde das Geld mit Kameraden in flottem Leben
verschwendet. »Die Jungen« wurden so lange zur Tante geschickt;
»man konnte ja nicht vier Schritte in dem Lumpenhause machen,
ohne durch die wand zu gehen.« Solange sagte sie auch ihre Stunden ab; sie konnte nicht mehr leisten, als daß sie ihm aufwartete.

Daß sie nicht glücklich sein könne, begriffen alle; aber daß sie ein
Leben in Angst lebte, davon hatte niemand eine Ahnung. In Angst
vor dem Telegramm, das sein Kommen meldete, wenn auch nur für
einige Tage, in Angst vor dem, was dann geschehen würde, wenn
er kam, wagte sie nicht den leisesten Widerspruch und zeigte ihm
und allen die unbefangenen Augen, dieselbe rasche, ein wenig ge-
dämpfte Art, die machte, daß sie ging und kam, ohne daß man sie
bemerkte, wenn er dann abgereist war, wurde sie mit einem Male
so übermüde nach der Spannung der Tage und Nächte, daß sie zu
Bette mußte.

Jedesmal, wenn er zu Hause war, wurde er weniger achtsam auf
sich selbst, unverschämter gegen andere; wenn sie aber begriffen
hätte, wie Männer mit seiner Verausgabung von Kraft in der Regel
um die vierziger Jahre herum fertig sind (und deren sind gar viele
in den Küstenstädten), dann hätte sie auch schon begriffen, daß
gerade dies die Zeichen des Niederganges waren; er war weit vor-
geschritten. Ihr erschien er nur immer widerlicher.

Er war wenig zu Hause, das half ihr. Sie hatte sich vorgenommen,
daß sie und die Knaben ausgezeichnet miteinander leben würden;
das half ihr auch, meist aber ihre rastlose Arbeit und die Achtung
aller. Nach fünfjähriger Ehe schien sie ebenso niedlich, wie damals,
schien auch ebenso unbefangen und munter; sie war so daran gewöhnt, sich zu verstellen.

Nun waren ihre Jungen der eine vier, der andere drei Jahre alt,
und selten fand man sie anderswo, als auf dem Marktplatz – in den

Schneehaufen im Winter, in den Sandhaufen im Sommer. Oder auf dem Lande bei der Tante, ihrer »Großmutter«.

Nächst der Beschäftigung mit den Knaben war die mit den Blumen ihr die liebste. Sie hatte deren eine Menge, die das Haus kleiner machten, als es eigentlich war. Mit den Knaben konnte sie spielen, aber mit den Blumen konnte sie denken, wenn sie den Blumen Wasser gab, empfand sie am stärksten, wie gequält sie selbst war. Wenn sie ihre Blätter abwischte, sehnte sie sich nach guten Worten, freundlichen Augen. Wenn sie trockne Zweige entfernte, überflüssige Schüsse, wenn sie ihnen andere Erde gab, weinte es oft in ihr vor Sehnen, wallte das in ihr auf, was nichts bekam.

Fünf Jahre waren also vergangen, – als eines Tages das Gerücht durch die Stadt ging, daß Axel Aarö ein reicher Mann geworden sei; sein alter Freund war gestorben und hatte ihm eine große Leibrente hinterlassen! Gleich darauf wurde auch erzählt, daß Axel Aarö zum zweitenmal die Kur gegen die Trunksucht durchgemacht habe; die erste sei nicht von Erfolg gewesen; jetzt aber sei er geheilt. Man konnte sehen, wie beliebt Axel Aarö war; denn es gab kaum einen, den es nicht freute.

Am Mittwoch den 16. März 1892, um vier Uhr nachmittags, saß sie mit einer Arbeit zwischen ihren Blumen, als sie nach dem Hotel hinüber sehen mußte. Im Eckfenster der zweiten Etage stand der, an den sie dachte; er sah auf sie nieder.

Sie stand auf, und er grüßte zweimal. Sie stand noch da, als er über die Straße kam, in dunkler Pelzmütze, schwarzer Seidenweste, auf die der lange, blonde Bart herab fiel, das Gesicht ziemlich bleich, aber die Augen klarer im Ausdruck. Er klopfte an; sie konnte kein Wort hervorbringen, sich nicht rühren. Als er aber die Tür öffnete und im Zimmer stand, sank sie auf einen Stuhl nieder und weinte.

Er kam langsam auf sie zu, nahm einen Stuhl und setzte sich ihr gegenüber. »Sie dürfen nicht erschrecken, weil ich so geradezu komme. Es freut mich zu sehr, Sie wiederzusehen.« Nein, wie das in diesem Hause klang, diese wenigen gedämpften Worte, so rücksichtsvoll, vertraulich. Der Tonfall war fremd geworden, aber die Stimme, die Stimme! Und daß er ihre Schwäche nicht mißdeutete, sondern ihr darüber forthalf! Nach und nach wurde sie wieder dieselbe, wie in alter Zeit, zuversichtlich, fröhlich, verschämt. »Es war so seltsam unerwartet«, sagte sie.

Er fügte ehrerbietig hinzu: »Das, was inzwischen passiert ist, stürmt ja auf einen ein.«

Viel mehr wurde nicht gesprochen; er hatte gerade bereit gestanden, auszugehen, und nun kam der Schwager. Er betrachtete ihre Jungen draußen im Schneehaufen, er sah ihre Blumen ihr Klavier, ihre Noten an; dann bat er, wiederkommen zu dürfen. Das Ganze dauerte fünf Minuten. Aber etwas blieb in ihrer Vorstellung zurück – etwas wie der zierliche blonde Bart, der auf die Seidenweste herab fiel. Das Zimmer war geheiligt, das Klavier, die Noten, der Stuhl, auf dem er gesessen hatte, ja, der Teppich, über den er gegangen war; – sogar in seinem Gang lag Rücksicht für sie. Sie empfand alles, was er gesagt und getan hatte als Mitgefühl für ihr Schicksal.

An diesem Tage konnte sie nichts mehr vornehmen; sie schlief kaum in der Nacht. Aber was in ihr vorging, war auch nichts geringeres, als daß sie etwas, das fünf Jahre – eigentlich sechs – zurücklag, in die Sonne hinaustrug – es hinaustrug, wie man Blumen aus dem Keller holt, wohin sie zum Winterschlaf gestellt worden, und sie wieder hinauf zum Frühling trägt. Dabei machte sie dieselbe Bewegung, gewiß mehr als zwanzigmal: sie legte beide Hände auf die Brust, die eine Handfläche über die andere, wie um die Brust niederzuhalten; es durfte nicht zu laut reden.

Tags darauf ging ihr Gespräch leichter. Die Knaben wurden herein gerufen. Nachdem er sie eine Weile angesehen hatte, sagte er: »Da haben Sie doch etwas Reelles!«

Binnen kurzem waren sie so gute Freunde, er und die Knaben, daß er sich auf alle viere legte, ihnen als Pferd diente und andere ganz neue Kunststücke machte, die sie furchtbar amüsant fanden. Und dann lud er sie zu einer Schlittenfahrt für den nächsten Tag ein! Nach scharfem Tauwetter war gerade eine ungewöhnliche Menge Schnee gefallen; die Stadt war weiß und die Schlittenbahn wieder vorzüglich. Bevor er ging, mußte Ella bitten, ihn abbürsten zu dürfen; der Teppich sei nicht so sauber gewesen, wie er sein müßte. Er nahm ihr die Bürste ab und tat es selbst; aber leider hatte er auch auf dem Rücken gelegen, und so mußte er sie es tun lassen. Sie bürstete dann sein feines Jackett ab, machte es so nett und leicht, aber es wollte gar nicht gut werden. Auch vorn war es nicht, wie es sein sollte, er mußte die Bürste noch einmal nehmen; sie stand dabei und sah zu. Als er fertig war trug sie die Bürste in die Küche hinaus. »Wie hübsch, daß Sie noch den Zopf haben,« sagte er hinter ihr. Sie blieb ziemlich lange fort und kam von einer anderen Seite wieder herein. Da war er fort; die Knaben sagten, jemand habe ihn geholt.

Am nächsten Vormittag Schlittenfahrt. Erst am Nachmittag kamen sie zurück; sie waren in Baadshaug eingekehrt, ein Badeort mit Hotel und vorzüglicher Restauration, wohin die Leute auch im Winter gern wallfahrteten. Der jüngste Knabe seiner Schwester war mit, und während alle drei das Pferd zu »Andresens an der Ecke« nach Hause brachten, blieb Aarö im Gange stehen. Noch nie hatte Ella ihn so aufgeräumt gesehen; die Augen hatten das Leuchtende wie damals beim Gesang, und dann sprach er von dem Augenblick an, wo er kam, bis er wieder ging. Sprach vom norwegischen Winter, den er nie zuvor gesehen; woher mochte das kommen? seit vielen Jahren hatte er ein Lied zum Preis des Winters auf seinem Repertoire, das alte Winterlied, das auch sie kannte: »Der Sommer schlief ein in des Winters Arm'« – freilich sie kenne es, – und jetzte erst sollte er lernen, wie wahr das Lied war? Der Eindruck vom Winter auf die Menschen mußte doch entscheidend sein. Der Winter war beinahe ihr halbes Leben! Was für Gesundheit und Schönheit – und Phantasie er geben mußte! Er begann zu schildern, was er heute im Walde gesehen habe; er brauchte nicht viele Worte, aber die Bilder waren klar. Sprach, bis er bewegt wurde und sah sie währenddessen an wie ein Verzückter.

Alles in einem einzigen Augenblick; er hatte ja seinen Reiseanzug an. Aber als er gegangen war, schien es ihr, als hätte sie ihn nie zuvor zu Gesicht bekommen. Ein Schwärmer also, – ein Schwärmer bis in die tiefste Tiefe, der sich für gewöhnlich nie verriet? Von dieser Schwärmerei war das Led der Bote? Deshalb nahm seine Stimme alle mit in ein anderes Reich hinüber? Sein schwermütiger Vater – wenn der trinken wollte, schloß er sich mit seiner Violine ein, spielte und spielte, bis er da lag. Hatte auch der Sohn diese Scheu vor den Menschen gehabt, diese Verzückung in seiner eigenen Schwärmerei?

Gott sei Dank, Axel Aarö war gerettet! Gerade aus seiner Schwärmerei heraus hatte er sie so angeblickt –! Jetzt erst drang es ein, sie war zu sehr mit dem Neuen an ihm selbst beschäftigt gewesen. Jetzt erst drang es ein, – drang mit großer Wärme ein mit überwältigender Furcht und Wonne, ein Freudenbote, der noch bebte vor Zweifel. Sollte die Bestimmung ihres Lebens nahe sein –! Sie fühlte, daß sie rot wurde, sie konnte nicht mehr ruhig bleiben, sie ging ans Fenster, um ihn dort wieder zu suchen, dann umher, um zu suchen, was sie selbst glauben solle. Jedes Wort von ihm zu ihr, jede Miene und Bewegung vom ersten Mal an, da er hier gewesen, wurden gegenwärtig; aber sie schienen alle so vorsichtig, fast spärlich. Gerade das war ihr Reiz. Seine Augen hatten sie jetzt gedeutet, und diese Augen hüllten Ella ein, sie gab sich ihnen ganz und gar hin.

Das Mädchen reichte einen Brief herein; es war eine Weihnachtskarte in einem Kuvert ohne Aufschrift von Axel Aarö. Eine von den gebräuchlichen Weihnachtskarten, die eine jugendliche Schar auf Schneeschuhen darstellte; darunter stand gedruckt:

»Der weiße Winter
Hat rote Rosen.«

Auf der andern in zierlicher, runder Schrift: »Im Walde heute muß ich an Sie denken. A. A.« Das war alles.

Aber so ist er. Er sagt nicht mehr, wenn er an einem Fenster vorbeikommt, in dem eine solche Karte liegt, so denkt er doch an mich. Und er denkt nicht allein an mich, sondern er schickt mir einen Gedanken. Oder irrte sie? Ella war bescheiden; dies ihr gegenüber konnte doch nicht mißdeutet werden? Die Weihnachtskarte, ... war sie nicht ein Vorbote? Die beiden jungen Paare darauf, und die Worte, ... er meinte doch wohl etwas damit?

Sie sah seine entzückten Augen wieder; sie hüllten sie nicht allein ein, sie liebkosten sie. Sie dachte nicht zurück, sie dachte nicht vorwärts, sie atmete nur weit auf, lebte. Noch in der mondhellen Nacht lag sie auf ihrem Bette – nicht nur ganz wach, sondern durchstrahlt. Jetzt, jetzt, jetzt, flüsterte es. Hätte sie am Traum ihres Lebens festgehalten, auch als die Wirklichkeit so grausam schien, sie hätte bestanden; weil sie unsicher darin geworden, war alles unsicher geworden. Aber je größer das Leiden gewesen, je größer würde vielleicht die Seligkeit werden! Sie schlief in etwas Kreideweißem ein, das sie mit hinein in ihre Träume nahm; sie erwachte leichten, hellen Wolken entgegen, die sich zerstreuten vor den zusammenströmenden Gedanken an das, was ihrer heute harrte. In der Nacht war das Ganze fertig geworden; sie erwachte mit der vollsten Sicherheit. Heute würde es geschehen. Er hatte nicht *ein* Wort gesagt; diese seine Schüchternheit liebte sie von allem am meisten an ihm. Gerade das war das sichere Pfand. Heute geschah es.

V

Ihr Baden nahm viel Zeit in Anspruch, die Pflege ihres Haars fast sogar noch mehr. Aus ihrer Kommode, dieselbe auf demselben Platz, die sie von Kind auf benützt hatte, – aus dem untersten Schubfach nahm sie das allerfeinste Unterzeug hervor, das sie getragen hatte. Getragen nur ein einziges Mal, nämlich an ihrem Hochzeitstage – *vor* der Entweihung. Nachher nie wieder. Aber heute – jetzt, jetzt, jetzt! Jedes Stück, daß sie außerdem noch anzog, war etwas, das kein anderer berührt hatte. Sie wollte sein wie die, die sie in ihren Träumen gewesen.

Sie ging zu den Knaben hinein, die wach, aber noch nicht angezogen waren:»Wißt Ihr was, Kinder, heute soll Tea Euch zur Großmutter bringen!« Große Zustimmung – auch von Tea, denn das bedeutete einen freien Tag.»Mama, Mama!« hörte sie hinter sich her rufen, als sie in die Küche hinunter lief, um eine Tasse Kaffee zu trinken, und dann fort. Zuerst wollte sie Blumen holen, dann wollte sie ihre Stunden absagen. Denn jetzt, jetzt, jetzt –!

Auf der Straße fiel ihr ein, daß es zu früh sei, um jemand aufzusuchen. Darum machte sie einen Spaziergang vor die Stadt, den frischesten, fröhlichsten, den sie je gemacht. Sie kam gerade zurück, als Frau Holme aufmachte. Als Ella eintrat, hielt die»Blumenfrau« ein kostbares Bouquet in der Hand, das gerade fortgeschickt werden sollte.»Das will ich haben!« rief Ella, sie schloß die Thür hinter sich.»Sie?« entgegnete Frau Holme, etwas mißtrauisch; das Bouquet war sehr teuer.»Ja, ich! Ich muß es durchaus haben!« Ella's kleine grüne Börse war schon heraus. Das Bouquet war vom reichsten Hause der Stadt bestellt, und Frau Holme sagte das.»Das macht nichts!« antwortete Ella. So viel ehrliche Anbetung für ein Bouquet hatte die andere nie gesehen – und Ella bekam es.

Von da zu Andresens an der Ecke; einer von den Kommis nahm bei Ella Unterricht in Handelsrechnung; sie wollte ihm absagen und ihn ersuchen, dem ganzen großen Kreis Bescheid zu sagen. Sie bat ihn darum mit zündenden Augen, und er versprach es mit Feuer. Das appetitlichste rote Tuch hing gerade vor ihr. Das mußte sie heute um den Kopf binden, wenn sie ausfuhr, denn daß sie heute ausfahren würde, daran war kein Zweifel! Andresen selbst kam dazu, als sie gerade nach dem Preis des Tuches fragte; er sah ein paar Blumen aus der Papierhülle hervorkommen;»das sind ja herrliche Rosen«, sagte er. Sofort brach sie eine ab und gab sie ihm. Von der Rose sah er zu ihr hin; sie lachte und fragte, ob er ein wenig von dem Tuche ablassen würde; sie habe nicht ganz soviel Geld bei sich, »Wieviel haben Sie?« fragte er.»Genau eine halbe Krone zu wenig.« Er selbst packte ihr das Tuch ein. – Auf der Straße traf sie Cäcilie Monrad; Ella gab einer ihrer Schwestern Klavierunterricht und sparte es sich nun, bis ans andere Ende der Stadt zu traben. Heute glückt mir alles.»Haben Sie von den beiden gelesen; die sich in Kopenhagen zusammen umgebracht haben?« fragte Cäcilie. Ja, Ella hatte es gelesen; Fräulein Monrad fand es grauenhaft,»Weshalb?« – Der Mann war ja verheiratet. –»Allerdings,« erwiderte Ella,»aber nun liebten sie sich!« Ihre Augen waren ein Glutmeer; Cäcilie schlug die ihren nieder und wurde rot. Da nahm Ella ihre Hand und drückte sie. – Da bin ich in eine Liebesgeschichte hineingekommen, dachte sie und flog mehr als sie ging durchs Villenviertel; der größte Teil ihrer Eleven wohnte dort oben. Auf einem Dache sah sie zwei Staare, die ersten vom Jahr; das Tauwetter vor einigen Tagen hatte sie wohl verlockt. Aber nicht, daß die Staare etwa verzagt gewesen wären; keineswegs, sie liebten!»Mama, Mama! hörte sie im selben Augenblick. Das waren doch deutlich ihre Jungen! Sie hatte wohl an sie gedacht, als sie die Staare sah. So sehr hatte es sie in Anspruch genommen, daß sie zu weit an den Straßenrand kam; dabei trat sie auf ein Brettende, das ins Schwanken kam; sie wäre beinahe gefallen. Aber unter dem Brett war es Frühling! Von der Tauwetterzeit übrig geblieben stand da – ja freilich war es Löwenzahn! So langweilig wie er weiter in den Sommer hinein wird – als erster Mann ist er willkommen! Sie beugte sich nieder und nahm die Blumen. Sie steckte sie zwischen die Rosen; der Löwenzahn nahm sich dort dürftig aus; aber der erste im Jahr, und heute gefunden!

Hiernach war sie ganz ausgelassen. Hüpfte die Anhöhen hinunter, als sie fertig war; grüßte gleichmäßig Bekannte und Halbbekannte, und als sie dann Cäcilie wiedersah, legte sie die Blumen aus der Hand, machte einen Schneeball und warf ihr den in den Rücken.

Zu Hause angekommen, ließ sie die Knaben zusammen mit Tea in den Schlitten packen.»Mama, Mama!« riefen sie und zeigten nach dem Hotel hinauf; Axel Aarö stand dort und grüßte.

Gleich darauf kam er herüber.»Sie sind wohl ganz allein?« er trat zu ihr. –»Ja;« – sie machte sich mit den Blumen zu schaffen und blickte nicht auf, denn sie zitterte.»Ist heute Geburtstag im Hause?« –»Sie meinen wegen der Blumen –?« –»Ja. Das sind ja herrliche Rosen! Und die da im Glase? Löwenzahn!« – –»Die ersten im Jahr.« Er sah sie nicht an. «Er stand so unentschlossen da, als überlege er etwas.»Darf ich Ihnen etwas vorsingen?« sagte er endlich. – »Ja, bester –!« sie ließ die Blumen, um das Klavier zu öffnen und den Stuhl herunter zu schrauben – und zog sich dann bescheiden zurück. Nach einem längeren, gedämpften Vorspiel, begann er Ole Olsen's»Sonnenuntergang« ganz ruhig, ja, so wie er gesprochen und gewesen war, seit er bei ihr eingetreten. Nie hatte er schöner gesungen; seine Gesangskunst war so viel größer geworden. Aber in der Stimme lag derselbe, nein, ein noch trostloserer Schmerz als der, den sie das erste Mal vernommen.»Trauer, Trauer, – ach, ich bin verloren!« – sie hörte es wieder so deutlich. Als er den ersten Vers zu Ende gesungen hatte, saß sie vorübergebeugt und weinte; sie hatte nicht einmal versucht, sich Zwang aufzulegen. Er hörte es und drehte sich um; gleich darauf fühlte sie daß er ihren Zopf berührte, ja, ihr war, als küsse er ihn; jedenfalls hatte er sich ganz über sie niedergebeugt, denn sie fühlte seinen Atemzug. Aber sie hob den Kopf nicht, sie hatte nicht den Mut.

Er ging durchs Zimmer. Kam zurück, ging wieder. Da wurde es still in ihr, sie saß unbeweglich und wartete.

»Darf ich Sie heute spazieren fahren?« vernahm sie. Den ganzen Tag wußte sie schon, daß sie zusammen ausfahren würden, sie wunderte sich daher nicht. Gleichwie *dies* nun in Erfüllung gegangen war, würde das andere kommen. Alles, Sie blickte durch Tränen auf und lächelte. Er lächelte ebenfalls!»Ich gehe und bestelle das Pferd«. Und als sie nicht antwortete, tat er's.

Wieder zu den Blumen. Sie hatte sie ihm also nicht geben dürfen. Die paar Blüten Löwenzahn wollte sie fortwerfen.

Als sie sie aus dem Glase nahm, fielen ihr die Worte ein:»Da haben Sie doch etwas reelles.« Die Worte waren allerdings nicht vom

Löwenzahn gesagt: aber sie waren ihr oft wieder eingefallen; es war nicht wunderlich, daß sie ihr jetzt einfielen. Sie ließ den Löwenzahn stehen.

Aarö blieb lange fort, länger als eine Stunde. Als er aber kam, war er außerordentlich munter. Er saß hinten auf einem flotten Damenschlitten in dem eleganten Pelz von gestern, dem kostbarsten, den sie je gesehen; grüßte mit der Peitsche hinein und sprach und lachte mit den Kindern sowohl wie mit den Erwachsenen, die sich um ihn sammelten, während sie sich ankleidete. Das war bald geschehen; sie hatte nicht viel anzuziehen, brauchte es auch nicht.

Er stand sofort auf, grüßte, packte sie ein, und fort ging es im Trabe. Unterwegs beugte er sich zu ihr und flüsterte:»Wie gütig von ihnen, daß Sie mitkommen!« Seine Stimme war so warm, aber sein Atemhauch war anders als vorhin. Sobald der prächtige Hengst im Laufe nachließ, beugte er sich wieder vor: Ich habe per Telephon ein Lunch in Baadshaug bestellt. Es ist bereit, wenn wir kommen.»Sie haben doch wohl nichts dagegen?« Sie drehte sich um damit sie ihm den Kopf zuwenden konnte; sie stießen beinahe zusammen:»Ich habe vergessen, Ihnen für die Karte von gestern zu danken.« – Er wurde rot:»Ich habe es nachher bereut«, sagte er;»aber in dem Augenblick, wo ich die Karte sah, mußte ich an Sie denken, wie Sie hier heraus passen!« Jetzt wurde *sie* rot und zog sich zurück. Da hörte sie dicht neben sich:»Sie dürfen nicht böse werden. Es pflegt so zu gehen; wenn man eine Dummheit wieder gutmachen will, so macht man eine zweite«. Gern hätte sie seine Augen gesehen während er das sagte; aber sie wagte es nicht. Jedenfalls war es mehr, als was er bis jetzt gesagt hatte. Die Worte fielen weich wie Flaum! Bis heute hatte sie seine Zurückhaltung beinahe mißdeutet, – aber wie schön sie doch alles machte; sie betete sie an.»In einer Weile sind wir im Walde; dort werden wir anhalten und uns umsehen,« sagte er. *Dort* dachte sie! Er fuhr im raschen Trabe dahin; sie freute sich, freute sich ... Die Sonne funkelte auf dem Schnee, die Luft war warm, sie mußte das Kopftuch lösen, und dabei half er ihr. Wieder fühlte sie seinen Atem; es war etwas – nicht wie Tabak, feiner, angenehmer, aber was war es? Es entsprach ihm selbst gleichsam. Ihr war so wohl, mit solchem Überfluß von Glück in der Landschaft, durch die sie nun fuhren, und die beständig schöner wurde. Auf der einen Seite des Weges die Berge, die weißen Berge, denen die

Sonne einen rötlichen Glanz gab! vor den Bergen Anhöhen, zum Teil mit Wald bewachsen, und zwischen den Anhöhen lagen Höfe. Auf der anderen Seite des Weges hatten sie die ganze Zeit das Meer; aber zwischen ihnen und dem Meer flache Strecken, vielleicht Moore. Das Meer selbst grauschwarz gegen die Schneegrenze; das sprach herein von anderen Seiten des Lebens. Von ewiger Unruhe, salzigem Ernst, nur Protest auf Protest gegen das Schnee-Idyll.

Während des Tauwetters waren Zweige, Stämme, Zäune feucht gewesen; der erste Schnee der dann kam, war ebenfalls feucht an sich und klebte gut fest. Als dies dann zusammenfror, und das Schneegestöber immer gleichmäßig überwältigend blieb, da bildeten sich Figuren über den ersten erstarrten Formen, wie man selten etwas Ähnliches sieht. Die Schwere des ersten feuchten Schnees machte, daß er hinabsickerte, an irgend einer Unebenheit haften blieb und sich dort sammelte; oder unter die Zweige hinabglitt oder zu beiden Seiten der Zaunpfähle. Als dies sich nun in Ruhe fügte und vermehrte, kamen die schnurrigsten Tiere zum Vorschein, – weiße Katzen, weiße Hasen, die mit krummem Rücken und gestrecktem Vorderleib an den Baumstämmen in die Höhe kletterten, oder unter den Zweigen manövrierten, oder oben auf den Hürdenstangen einen Buckel machten. Zottige, weiße Tiere, oft so groß wie der Marder, aber sogar auch groß wie der Luchs, ja, wie der Tiger. Demnächst allerhand kleines Getier, weiße Mäuse, Hermeline, oben und unten und drüben. Und alle möglichen Raritäten, Kobolde, die an den Beinen hingen, Pierrots, Gnomen auf den äußersten Spitzen der Hürdenpfähle, Heinzelmännchen mit Rucksäcken; oder eine hingeworfene Kappe, eine Nachtmütze, ein Tier ohne Kopf, ein anderes mit einem Schweif von ungeheurer Länge, ein großer Fausthandschuh, eine umgestülpte Wasserkanne. An einigen Stellen bloßes, schwarzes Laubwerk als Verzierung an der weißen Wand, an andern große Schneelasten in den Nadelbäumen mit Grün drüber und drunter, mächtige Farbenmengen gegeneinander.

Aarö hielt an; sie stiegen beide ab.

Da stürmte eine Reihe ganz anderer Eindrücke hervor. Dicht neben ihnen lag ein alter Bursche von einem Stamm, halb umgestürzt im Spiel des Lebens. Aber träumte er nicht jetzt im Winter den schönsten Traum, nämlich daß er jung sei? Beim ausgelassenen

Aufbauen schneeweißer Herrlichkeit, hatte er alle Schmerzen und Hinfälligkeit vergessen; versteckt war das Moos auf seiner Haut, die Fäulnis der Wurzel war zugedeckt, die Narben von den verlorenen Zweigen unsichtbar. Eine gebrechliche Pforte war ausgehängt und an den Zaun gelehnt, sie war zerbrochen und unbrauchbar. Auch sie hatte des Winters Künstlerhand aufgesucht und erneuert; jetzt war sie ein architektonisches Meisterwerk. Die schiefstehenden, dunklen Zaunpfähle waren junge Stutzer mit schiefem Hut und munteren Mienen. Die alten, schmutziggrauen, moosbewachsenen Hürdenstangen – man kann sich das Paradies hinter keiner schöneren Einfriedung träumen! Ihre Schwäche war bei der Auferstehung ihre Stärke geworden, Sprünge und Aste im Holz der vorzüglichste Baugrund für den Schnee, jedes Loch mit einem Wisch himmlicher Krystalle zugestopft; entstellende Unebenheiten schon seit der Zeit, wo sie gespalten worden, waren nun zugedeckt und geküßt, beruhigt und geschmückt, alle Fehler mit aufgenommen in die weiße Gemeinschaft.

Eine verfallene Tenne unterhalb des Weges, ein wohlausgedienter Mutterarm für Laub und Torf, – ebenfalls aufgesucht und verschwenderischer übergossen, als die reichste Braut der Welt. Aus des Himmels reichstem Schoß mit solchem Überfluß beschüttet, daß der Schnee in weißen Fahnen einen halben Meter weit über das Dach hing, an einigen Stellen mit hoher Kunst wieder aufgefaltet. Die grauschwarze Wand unter den Fahnen sah dadurch aus wie ein altes persisches Gewebe; die ganze Tenne hätte fertig in einem Shakespeareschen Drama auf die Bühne gestellt werden können. Hinten die Berge, vorn die Höhen, alles glänzte in der Sonne wie einst im Hosianna der Juden. Ella vernahm aus der Ferne fortwährend zwei zarte Stimmen »Mama, Mama!« die in dies alles hineinklangen. Als sie sich nach ihrem Begleiter umsehen wollte, saß er tiefergriffen auf dem Schlitten, während die Tränen ihm über die Backen liefen.

Bald fuhren sie weiter, aber langsam. »Ich erinnere mich dieses schmutzigen Weges«, sagte er; die Stimme klang so wehmütig, »die Bäume gaben so viel Schatten, so daß er selten trocken wurde; aber jetzt ist er doch sehr fein!« Da drehte sie sich um und hob den Kopf empor: »Ach, singen Sie etwas!« – Er antwortete nicht gleich; sie bereute, daß sie darum gebeten hatte; dann aber sagte er: »Ich woll-

te schon, aber da kam eine solche Erregung über mich. – Sprechen
Sie jetzt eine Weile nichts, dann kann ich's vielleicht. Das alte Winterlied nämlich.« – Sie sah ein, daß er nicht eher singen konnte, als
bis es für ihn selbst so recht zur Wahrheit wurde. Solche stillen
Schwärmer dachte sie, sind wählerischer in Bezug auf das, was echt
ist. Das meiste ist ihnen nicht echt genug. Deshalb berauschten sie
sich auch so gern, sie wollten hinaus, mußten eine Welt für sich
allein schaffen. Ja, nun sang er:

Müde schlummert der Sommer ein,
Winter decket ihn sorglich zu.
»Bächlein«, sagt er, »geht nun zur Ruh,
Wogen, lasset das Plätschern sein!«
Weste schweigen die kosenden,
Stürme heulen, die tosenden.

Somren sovned i Vintrens Favn,
Vintren rejste sig, daekked til,
»rolig« sa han til Elvens Spil,
»rolig« sa han til Gaard og Havn.
Tause blev de saa, Skogerne.
Hjemme hörtes kun Slogerne.

All den Duft, den der Sommer gab,
Fein verwahrt er fürs nächste Blüh'n,
Ruhen durft er für all sein Müh'n.
Bäume senken das Laub herab,
All, die Blumen, die prächtigen,
Bergen sich vor dem Mächtigen.

Al den Ting, som var Somren kjaer,
fint forvartes til naeste Gang;
Hvile fick det for al sin Trang,
Markens Spirer og Vand og Traer.
Gjemtes som Kjaernen i Nödderne,
Mulden smuldred am Rödderne.

Was der Sommer an Krankheit bracht,
Pestkeim, den seine Glut erzeugt,

Winterkälte hat ihn verscheucht,
Hoch auf Bergeshöh er erwacht,
Atmet die Lüfte, die tauenden,
Grüßet die Gipfel die blauenden.

Alt, hvad Somren af Sygdom led,
Pestfrö over dens Liv og Frugt,
Vintren draebte i Frost og Flugt –
vaagne skal hun i fjaeldblaa Freed,
toet af Sneen of Vindene,
hilset af Sundhed i Sindene.

Über des schlafenden Sommers Stirn
Streut der Winter gar holden Traum,
Sternenhoch trug er im Weltenraum
Ihn zu der Nordlicht umstrahlten Firn,
Durch die Zeit, die nie säumende
fort – bis erwacht der Träumende.

Over den sovendes höstgraa Bryn
Vintren strödde saa fager Dröm.
stjaernehöj, hvid-hvid i Nordlys-Ström
bar den hende fra Syn til Syn
gjennem de lange Dögnene
frem, til hun obtlog Öjnene.

Er, den grausam und bös' sie schmähn,
Schaffet, was er doch nie darf seh'n;
Er, der Räuber und Mörder genannt,
Schirmet und wachet all Jahr im Land, –
Weiter eilt dann der Flüchtige,
Harrt auf die Zeit, die richtige.

Han, som skjaeldtes for ond og vred,
lever for det, han ej faar se;
han, som skjaeldtes for Morder, han
skjaermer og tor hvert Aar vort Land, –
gjemmer sig saa i Fjaeldene,
til det blir kaldt am Kvaeldene.

Die vielen kleinen Schellen begleiteten den Gesang wie Sperlingszwitschern; seine Stimme läutete zwischen den Bäumen den Gottesdienst des Menschengeistes in den weißen Hallen ein. *Ein Tag, das fühlte Ella, bezahlte für tausend.* *Ein Tag tut das, was das Winterlied erzählt,* er wiegt einen müden Sommer zur Ruhe, dämpft seine Krankheitskeime, zerbröckelt die Erde für den neuen, macht die Nerven stark und die dunkelste Zeit hell. In ihm sammeln sich all unsere langen Träume. Was hätte nicht auch aus ihr werden können, wie klein sie auch war, wenn sie *viele* solche Tage gehabt hätte? Was hätte sie dann nicht für ihre Knaben werden können?

Sie kamen an ein langes, weißes Gebäude zwischen zwei Flügeln, alle von Holz. Auf dem Hofplatz standen viele Schlitten mit aufgestellten Gabeldeichseln; es waren also schon mehrere Gesellschaften hier. Ein Stallknecht führte ihr Pferd fort; der Diener, der sie bedienen sollte, war gleich zur Hand, um ihnen zu helfen, und ein Mann im bloßen Kopf mit jovialem Gesicht kam dazu; es war Peter Klausson! Er schien sie erwartet zu haben und wollte Ella durchaus beim Ablegen behilflich sein. Aber er roch nach Cognac oder was es war; um ihn los zu werden, fragte sie nach dem Zimmer, in dem sie speisen sollten. Sie wurden in ein warmes, gemütliches Zimmer mit gedecktem Tische geführt; dort half Aarö ihr mit den Sachen. »Ich konnte Peter Klaussons Atem nicht ertragen,« sagte sie. Da lächelte Aarö.

»In Amerika hat man Mittel gegen dergleichen.« – »Was meinen Sie?« – »Man nimmt etwas, das den Atem anders macht.« – Gleich darauf bat er, ihn zu entschuldigen, er habe noch dies und jenes anzuordnen. Sie war also allein, bis angeklopft wurde; es war wiederum Peter Klausson! Er sah ihr Erstaunen und lächelte: »Wir werden ja zusammen speisen,« sagte er. – »So?« – Sie sah nach dem Tisch; er war für fünf gedeckt! – »Haben Sie kürzlich von Ihrem Manne gehört?« – »Nein.« – Lange Pause. Ist Peter Klausson eine Gesellschaft für Axel Aarö? Der beste Kumpan ihres Mannes? Aarö, der nur haben wollte, was echt war? Aber im selben Augenblick, da sie dies gedacht hatte, mußte sie auch zugeben, daß Peter Klaussons unmittelbare Natur vollkommen ehrlich sei, was er sonst auch immer sein mochte.

Der Diener brachte einen Korb mit Wein ins Zimmer, schloß die Tür aber nicht eher hinter sich, als bis er von draußen noch mehr hereingeholt hatte, nämlich Champagner in Eis. »Ist all der Wein für uns?« fragte Ella. – »Wie ich sehe«, erwiderte Peter Klausson; er war sichtlich erfreut. – »Aarö trinkt doch keinen Wein?« – »Aarö? Er hat mich aufgefordert, heute herauszukommen – ich kam zufällig zu ihm hinauf, – und da haben wir beide den allerfeinsten Cognac getrunken.« – Ella kehrte sich nach dem Fenster um, denn sie fühlte, wie sie erbleichte.

Gleich darauf trat Aarö ein, so höflich und vornehm, daß Peter Klausson die Hände aus den Hosentaschen ziehen mußte; er wagte beinahe nicht zu sprechen. Aarö teilte mit, daß er Holmbos eingeladen habe; gerade eben hätten sie abgesagt; sie mußten sich jetzt alle drei an ihrer gegenseitigen Gesellschaft genügen lassen. Er führte Ella zu Tisch. Aarö zeigte sich als der liebenswürdigste und der erfahrenste Wirt. Mit dem deutschen Diener sprach er englisch und gab fortwährend kleine Winke in Bezug auf das Anrichten; er verdeckte die Sünden des Dieners, brachte Kleinigkeiten zur Geltung – alles so, daß man es kaum merkte. Gleichzeitig nährte er eine einfache Unterhaltung durch kleine Anekdoten aus seinem gesellschaftlichen Leben. Er schenkte niemals selbst ein; wenn er trank, zitterte ihm die Hand. Auch früher glaubte sie dies schon bei ihm gesehen zu haben; jetzt quälte es sie.

Der erste Gang waren Austern, und davon aß sie tüchtig; sie war sehr hungrig. Aber später konnte sie weniger und immer weniger mitkommen, ja, zuletzt war es, als würde ihr die Kehle zusammengeschnürt. Sie hätte ebenso gut weinen wie essen und trinken können.

Anfangs war es ihr nicht recht klar, weshalb. Wohl, daß es so ganz anders war, als sie geträumt hatte: der herrliche Tag war im Begriff eine Enttäuschung zu werden. Im Beginn dachte sie: dies wird wohl einmal ein Ende nehmen, und dann haben wir es auf dem Heimwege wieder angenehm. Aber nach und nach, als seine Laune immer ausgelassener wurde, erwies er ihr alle erdenkliche Aufmerksamkeit, ja, sie wurde von beiden Kavalieren zugleich gefeiert – bis sie hätte schreien mögen. Nach der Mahlzeit wurde sie elegant an Aarös Arm in ein anderes Zimmer geführt, das ebenfalls in Bereitschaft gehalten war – gemütlich, prächtig mit einem Klavier.

Der Kaffee wurde sofort serviert (mit einem »*Avec*«) und unmittelbar darauf baten die Herren um Erlaubnis, einen Augenblick rauchen zu dürfen, es solle nur ganz kurz sein. Sie gingen – und ließen sie allein. Dies war nicht einmal mehr höflich – und nun erst begriff sie, daß nicht nur der Tag, sondern Aarö ein anderer geworden, als sie gedacht hatte! Das große Dunkel der Ballnacht kam über sie hergezogen; sie kämpfte dagegen, sie erhob sich und ging, wollte hinaus, als könne sie ihn dort so wiederfinden, wie sie ihn in ihrer Vorstellung hatte. Sie suchte den Weg nach dem ersten Zimmer, nahm dort ihr rotes Tuch um und war gerade auf den breiten Platz vor dem Gebäude gekommen, als der Diener vom Mittag hinter ihr her kam und etwas auf englisch sagte, was sie anfangs nicht verstand; sie war nämlich zu sehr mit den eigenen Gedanken beschäftigt, um sofort die Sprache wechseln zu können. Der Diener erzählte, daß einer von ihren Begleitern krank geworden sei; der andere sei nicht zu finden. Als sie die Worte bereits verstand, begriff sie nicht, was es sei, sondern folgte ihm mechanisch. Unterwegs fiel ihr ein, daß Aarös Zunge ihm nicht ganz gehorcht habe, als er nach dem »*Avec*« um Erlaubnis gebeten, hinausgehen und ein wenig rauchen zu dürfen; ihn hatte doch wohl nicht der Schlag getroffen –!

Sie kamen am Rauchzimmer vorbei, das ihr im Vorübergehen voll erschien – jedenfalls voll Rauch und Gelächter. Die Tür zu einem kleinen Zimmer daneben wurde geöffnet; dort lag Axel Aarö auf dem Bette; er mußte sich dort hinein geschlichen haben – vielleicht um noch mehr zu trinken. Er hatte nämlich eine kleine, dicke Flasche mit hineingenommen, die auf einem Tische neben dem Bette stand. Auf diesem lag er selbst, vollständig angezogen mit erloschenen Augen, ohne Kraft oder Empfindung; er sagte zu ihr: »Tip, tip, Peté!« Er wiederholte es mit ausgestrecktem Finger: »Tip, tip, Peté!« Beidemal in der Fistel. Sollte das Peter heißen? Glaubte er, sie sei ein Mann? Hinter ihm auf dem Kopfkissen lag etwas Haariges; es war ein Toupet; jetzt sah sie's, er hatte eine Glatze. »Tip, tip, Peté!« hörte sie hinter sich, als sie hinausstürzte.

Armseliger als jetzt Ella in ihren Pelzschuhen und Winterkleidern so schnell, wie ihre kurzen Beine sie tragen konnten, nach der Stadt zurücktrabte, ist wohl selten jemand über einen Landweg gelaufen. Der schwere Mantel, den sie auf der Fahrt gehabt, war aufgeknöpft, das Kopftuch trug sie in der Hand, und doch schwitzte sie, daß es herab tropfte; die Vorstellung beherrschte sie, daß es die Träume seien, die von ihr abfielen!

Anfangs dachte sie nur an Axel Aarö, den unglückselig verlorenen! Morgen oder übermorgen hatte er das Land verlassen, sie wußte es bereits, und diesmal für alle Zeiten!

Aber wenn sie es sich so recht entsetzlich ausmalen wollte, wie es war, dann lag das Toupet auf dem Kopfkissen und sagte: »Es war doch wohl nicht alles so echt mit Axel Aarö?« Doch, doch, – was konnte er dafür, daß er so früh kahl geworden war? Hm, erwiderte das Toupet, er hätte es eingestehen können.

Ella arbeitete sich vorwärts. Glücklicherweise begegnete sie niemand, auch kam niemand von all denen, die jetzt auf Baadshaug waren, hinter ihr her; sie mußte ja komisch aussehen, schwitzend und weinend mit aufgeknöpftem Mantel, in Pelzschuhen mit dem Tuch in der Hand. Sie versuchte ein paarmal, langsamer zu gehen, aber der Aufruhr in ihr war zu stark, und dann lag es in ihrer Natur, sich vorwärts zu arbeiten.

Aber in ihrem gejagten Blut meldete sich die kräftige Frage: Möchtest du, Ella, nun all deine Träume entbehren, da es jedesmal so jämmerlich damit gegangen ist? Da flennte Ella laut auf und erwiderte: nicht, wenn es mein Leben gälte! Nein, denn die Träume sind das Beste, was ich gehabt habe; sie haben mich gelehrt auszuhalten, sie haben mir gegeben, womit ich all das andere messen kann, so daß ich niemals etwas für hoch halte, was niedrig ist. Nein, meine Träume, die habe ich auch um meine Kinder gewebt, so daß ich jetzt tausendmal mehr Vergnügen an ihnen habe. Die, und dann die Blumen, das ist alles, was ich habe. Und sie flennte und arbeitete sich vorwärts.

Aber nun sind dir ja keine Träume mehr geblieben, Ella!

Anfangs wußte sie nicht, was sie darauf antworten sollte; es schien ja allzu wahr, allzu entsetzlich wahr, – und das Toupet zeigte sich wieder.

Gerade hier hatte Aarö das Winterlied gesungen. Wie das Zwitschern der Schellen die Weise bekleidet hatte, so begleitete jetzt das »Mama, Mama!« der zarten Stimmen ihrer Tränen. Es war nicht wunderlich, denn sie lief ja zu ihren Knaben, aber jetzt meldeten sie sich, als wären sie's, von denen sie träumen sollte. Nein, nein »da haben Sie doch etwas Reelles«, antwortete es mit Aarös Stimme; sie erinnerte sich, wie er es gesagt, sie erinnerte sich seiner Wehmut dabei. Hatte er wirklich an sie und sich gedacht und an die Knaben und sie? Hatte er seine eigene Schwäche mit ihrer Gesundheit und Zukunft gemessen? Sie kam wieder weit von den Knaben ab; sie war wieder bei all seinen Worten und Blicken, um das Rätsel zu deuten; aber darunter brach das Sehnen und der Schmerz wieder auf, wie nie zuvor; das ganze Leben war vorbei, der Traum zu alt in ihr, zu stark, zu lieb, die Wurzeln konnten nicht ausgerissen werden, unmöglich! Sie waren ja ungefähr alles, was sie den nächsten Tag sehen würde, berühren, vornehmen würde! – Zu aller Verzweiflung kam noch, daß die Knaben nicht zu Hause waren; sie kam an ein leeres Haus.

Aber Kräfte waren in ihr. Denn als sie nach Hause kam und gebadet und sich schlafen gelegt hatte, und der Mondschein von gestern abend ins Zimmer sah und erwähnte, was sie mit einander gehabt hatten, da warf sie sich im Bett umher und weinte laut wie ein Kind; hier konnte niemand sie hören, niemand hereinkommen. Ihr Herz war jung, wie damals, als sie siebzehn Jahre alt war; es konnte und wollte nicht aufgeben!

Was war es denn eigentlich, was sie heute gewollt hatte? Ja, das wußte sie nicht; – nein, sie wußte es nicht! Sie wußte nur, daß *dort* ihr Glück sei, und nun hatte sie es darauf ankommen lassen. Jetzt lag sie hier enttäuscht und betrogen in einer Weise, wie gewiß wenige vor ihr es gewesen.

Sie vermochte aber auch nicht, ihn zu entheiligen. Deshalb zog die Winterweise mit seiner Stimme vorüber, gut, voll, traurig; die wollte gleichsam alles für sie ordnen. Und gehorsam wie ein Kind legte sie sich zurecht und lauschte, Was sagte sie? Freilich, die sagte, daß die Träume zwei Sommer zusammenbänden, den, der war, und den, der sich langsam aufs neue emporarbeitete, dank den Träumen, die gewacht hatten. Sie sagte auch, daß die Träume etwas für sie seien, oft höhere Wirklichkeit, als die der Verhältnisse. Sie hatte das ja oft so empfunden, wenn sie mit ihren Blumen beschäftigt war.

Bei all ihrer Ruhelosigkeit im Bette war der Zopf an ihre Seite geraten, wehmütig zog sie ihn herauf; noch heute hatte er ihn geküßt.

Und dann legte sie sich auf die Seite und nahm ihn zwischen die Hände und weinte.

»Mama, Mama«, flüsterte es. Und so schlief sie ein.

Ivar Bye

Deutsch von G. I. Klett

An seinem Sterbebett gab ich mir selbst das versprechen, sobald
seine Geschichte einst öffentlich erzählt werden könnte, wollte ich
es tun. Aber ich wußte, in dem ersten darauf folgenden Menschen-
alter konnte dies kaum geschehen.

Nun hat sich öffentlich vor aller Augen in Norwegen etwas er-
eignet, das bis zu mir dringt und fragt: Ist die Zeit noch nicht gekommen?[1]

Ivar Bye's Name war den Meisten bekannt, welche die Eröffnung
des norwegischen Theaters in Christiania sahen. Bis in die fünfziger
Jahre waren wir künstlerisch ein von Dänemark abhängiges Land;
wir waren ohne dramatische Literatur, ohne Schauspieler und, der
Ansicht vieler gebildeter Norweger zufolge, absolut unfähig, dies
Beides zu erlangen, – bis Ole Bull den Braven zeigte, daß dennoch
ein großes Schauspielertalent im Volk steckte, und daß die Stücke
von selbst kamen. Nach dem Bergenser norwegischen Theater, das
er errichtete, erstand das Christianiaer norwegische Theater, in
Gang gebracht von einigen Patrioten, deren einziger überlebender
der alte Oberlehrer K. Knudsen ist. Am Eröffnungstag des norwegischen Theaters war Ivar Bye mit dabei. Ein dunkler, breitschultriger
Mann von schlanker Taille, einen Kopf so schön von Form, so gut
und edel von Gesichtsausdruck, daß keiner ihn vergaß. Die Stirn
breit und hoch, das Haar fast schwarz, die Augenbrauen gewölbt,
eine Adlernase, schmal, fein, – und dazu die guten, grauen Augen
mit einem Schelm drin, sobald er sprach. Dann verzog sich auch der
Mund gern zu einem Lächeln, voll von Erotik und erhellt von einem
Schimmer herrlicher Zähne in breiter Rundung. Diese grauen Augen und der Mund taten gute Dienste zusammen, machten unabläs-
sig Eroberungen unter Männern und Frauen, alten und jungen.

---

[1] Ein begabter Arbeiter war im Jahr 1894 zum Stortings-Mann für Trontheim
gewählt worden, gab sich aber darauf selber als wegen einiger Jugendvergehen
vorbestraft an.

Aber im Stillen. Obgleich sein Kopf auf einem recht langen Hals aufrecht getragen wurde, und obschon das Kinn vorspringend war und Mut bekundete und obschon das hagere, bräunliche Antlitz Energie verhieß, – immer kam er gedämpft und rücksichtsvoll.

Zwei Mängel hatte der Körper; er war nicht rund ausgebaut, sondern eher flachgedrückt, und die Kniee waren nicht frei von der Neigung, auseinander zu gehen. Die Meisten sahen das nicht; sie hielten sich an seinen schönen Gang, dessen angenehmen Rythmus sie empfanden. Nie hat jemand ihn irgendwo im Vordergrund gesehen, wo sie ihn aber zu Gesicht bekamen, da zog er die feineren Naturen an. Und auch die andern fühlten, hier war ein Mann von Rasse.

Und das war er. Aus einer alten norwegischen Beamtenfamilie, in der das Erbe unsrer ältesten Geschlechter steckte, er hieß nicht Bye.

Sein Großvater hatte als Beamter Kassendefraudation begangen, und obwohl die Umstände nicht sonderlich gravierend waren, empfanden es die Kinder als eine solche Schande, daß sie einen andern Namen annahmen. Ivars Vater war zum Offizier bestimmt, ich glaube auch, er war auf der Kriegsschule; aber nach des Vaters Fall mußte er sich damit zufrieden geben, Sergeant zu werden.

Jeder Moldenser Schuljunge aus meiner Zeit erinnert sich an Sergeant Bye, wenn er in der Stadt war ... stets betrunken. Ein mittelgroßer, breit ausgehauener Mann mit großer Adlernase und mit einer gewissen Würde in seinen Bewegungen. Selbst wenn er am allerbetrunkensten war, bewahrte er die. Er konnte nicht gedeihen in der Umgebung, zu der er herabgesunken war, und so schuf sein romantisches Naturell sich manche sonnige Stunde, in denen er den Herrn spielte. Alle rühmten seine Güte und Rechtschaffenheit.

Der Sohn hatte denselben Drang aus dem Bauernleben heraus. Draußen an der Küste ging es damals recht eng und ärmlich zu. Da saß er als Hirte und träumte davon, das Geschlecht zu ehemaliger Herrlichkeit emporzuheben; er erzählte diese großen Träume blos seiner kleinen Schwester, sonst niemand. Die beiden Geschwister hielten sich ganz für sich.

Der kleine Ivar hatte ein unglaubliches Talent, sie und sich selbst herauszuputzen.»Etwas zu machen aus nichts oder aus einer ungeeigneten Materie,« wie das religiöse Lehrbuch meiner Zeit »die Schöpfung« definierte. Zum Lohn für dies Talent wurde, als er älter war, Vaters abgelegte Uniform für ihn gewendet und zugeschnitten, so daß er sich eines Tages in der Stadt in blauem Tuchanzug, mit blauer Mütze zeigen konnte! Das war wohl der höchste Festtag seines Lebens! Er wurde auch gleich um seiner ungewöhnlichen Schönheit willen bewundert. Die Gesellschaft anderer als der Zöglinge der höheren Schule verschmähte er. Er erzählte mir später, wie er lange vergebens darauf brannte, mit in das Spiel der großen, vornehmen Jungens zu kommen. Und es glückte, – dank Einem insbesondere, dem Herrn über alle andern. Die Hingebung und der Stolz des kleinen Jungen kannte keine Grenzen.

Hier hatte er auch seine erste Liebe. Es war kein Mädchen, sondern ein fast erwachsener Kamerad unter denen, die sich seiner angenommen hatten, – schön, verwegen, herrschsüchtig, schon recht lebenserfahren, schon ziemlich verdorben. Aber das verstand Ivar nicht; er bewunderte seine Flottheit, sein Befehlshabertalent, seine herablassende Leutseligkeit, – und vielleicht vor allem seine große Schönheit, seine hohe, schlanke Figur, seine ungewöhnlich weiße Haut zu schwarzem Haar – nicht zu vergessen seine gesellschaftliche Gewandtheit und die Gunstbeweise der Frauen ihm gegenüber; das war für den Knaben etwas ganz Neues. Das war der Herrentyp, das Ideal des Knaben.

Unter all diesen Kameraden war Ivar der kleinste und behendeste, wenn es gefahrvolle Schelmenstreiche galt, z.B. Äpfel und Beeren in den Gärten stehlen und verschwunden sein, wenn der Eigentümer oder andre den Lärm hörten und herbeikamen. Jedesmal, wenn sie etwas derartiges angestellt hatten, wie eine Schnur über den Weg spannen, so daß die Bauern, wenn sie betrunken von der Stadt zurückkehrten, drüber fielen und die Pferde durchgingen, oder wenn sie die Leinen an den Boten der Bauern durchschnitten hatten, so daß sie ins Meer hinaustrieben ... jedesmal, wenn sie etwas derartiges angestellt hatten, ohne entdeckt zu werden, so hielten sie das für »eine Tat«. In Stadt und Umgegend davon reden zu hören, das war ein Jux!

An einem Ende der Stadt lebte eine geizige, zornmütige Witwe, die einen Laden und einen großen Garten besaß; mit diesem Zornbesen lagen sie ganz besonders in Fehde, d.h. *sie* wußten, wem sie ihren Schabernack spielten; aber die Alte wußte nicht, gegen wen sie Wachen ausstellte, den Hund hetzte, in die dunkeln Herbstabende hinaus schalt und drohte. So lange trieben sie das, bis sie fanden, es sei nötig, noch mehr zu tun. Der Vorschlag des Anführers, daß sie sich eines Abends in den geschlossenen Laden schleichen und ihre Kleingeldkasse (sie wußten, in welcher Schiebelade sie stand) entwenden wollten, fand allgemeine Zustimmung. Das war ein »Hauptulk«; ihr Zorn würde gradezu in »Besessenheit« ausarten! Der jüngste und Behendste wurde durchs Kellerfenster hineinkommandiert, die Andern standen Wache.

Aber wie es nun zuging, – der Jüngste und Behendste wurde entdeckt. Und mit einem Mal erhielt die Sache ein Aussehen, wie es keiner der Spaßmacher sich gedacht hatte.

An die Einzelheiten erinnere ich mich nicht mehr. Das Ende war, daß er, der den Streich auf Befehl ausgeführt, die Kasse abgeliefert und keinen Vorteil davon gehabt hatte, – der Einzige war, der gefaßt, angeklagt und verurteilt wurde. Die andern waren »guter Leute Kinder«. Es waren auch verschiedene Konfirmierte unter ihnen, für die die Strafe allzu ernst geworden wäre; denn die Gesetze jener Zeit waren streng.

So drangen denn die andern Knaben und deren Eltern mit Bitten und Versprechungen auf ihn ein; der Gefängniswärter gab freien Zutritt. Es wäre gar nicht notwendig gewesen, ihn zu bitten, alles auf sich zu nehmen; er hätte gern sein Leben für die Kameraden gegeben. Besonders für den Großen mit der weißen Haut und dem schwarzen Haar. Es war eine Freude für ihn, als schließlich auch der kam und sagte:»Du sollst es nicht bereuen«, – und ihm dazu übers Haar strich.

Wohl tat es weh, als Vater und Mutter kamen und ihn gar nicht verstehen konnten.»Er, der immer so lieb und gut gewesen war, – er sollte nun ihre Schande werden!«Der Knabe weinte bitterlich mit ihnen; aber schwieg.

Und dabei bliebs auch an dem schweren Tag, als er in seinen hübschen blauen Anzug an Bord des Dampfschiffes mußte; er sollte in das Trontheimer Zuchthaus überführt werden, um dort »konfirmiert« zu werden. Er durfte an der Reeling stehen und nach der

Stadt hinüberblicken; er wollte gern aufpassen, ob keiner von denen, für die er die Reise tat, in einem der Boote drunten war. Er durfte an der Reeling stehen, bis das Dampfboot abfuhr. Aber er sah keinen von ihnen.

Im Zuchthaus wurde er vom ersten Tag an aller Liebling. Sie hatten Mitleid mit dem schönen, lieben Jungen; sie wetteiferten darin, etwas für ihn zu tun, damit er vorwärts käme, wenn er einst entlassen würde.

Hier, im Trontheimer Zuchthaus, wurde er auch konfirmiert. Hier las, rechnete und schrieb er, und noch eh er heraus kam, war ihm eine Stelle als Laufbursche bei einer der ersten Familien der Stadt gesichert. An dem neuen Platz wiederholte sich dasselbe, – alle nahmen sich seiner an. Sein Unterricht wurde fortgesetzt, er bekam hübsche Kleider; es machte ihnen Spaß, ihn zierlich gekleidet zu sehen, so schön, wie er war. Ja, er erhielt eine Guitarre geschenkt und lernte darauf spielen, denn er hatte Stimme und begleitete sich nun selbst. Die guten Feen, die in dieser Weise Rosen auf seinen Weg streuten, waren natürlich hauptsächlich Damen; auch ein Liebesverhältnis spielte dabei mit.

Und bald mehrere.

Er erlebte in dieser Richtung die wunderlichsten Dinge, von denen ich je gehört habe. Ich bin wohl der Einzige, zu dem er davon gesprochen hat; aber auch da fast nur in Andeutungen. Näheres darüber zu erzählen, habe ich nicht das Recht. Ich glaube, daß diese seine Gabe, zu schweigen, eben weil sie aus rücksichtsvoller Güte geboren war, die Frauen zu ihm hinzog, – mehr noch als seine Schönheit; mehr noch als andre erotische Eigenschaften, die wie ein Geheimnis unter ihnen umgingen. Über derartiges können Frauen ja nicht schweigen.

Nach außen hin war dies sicherlich seine glücklichste Zeit. Aber wenn ich später darüber nachgedacht habe, ist mir mehr und mehr der Glaube gekommen, daß er da einen Knax fürs Leben bekommen hat.

Man darf ja wohl annehmen, daß die Knabenträume, die er mir erzählte, aus Kräften in ihm entsprangen, aus einer Energie, die später nicht zur Reife gedieh. Ich gebe jedoch zu, daß ich sein Geschlecht nicht kenne und es deshalb so genau nicht wissen kann. Nicht alle Träume sind eine Selbstprophezeihung von Kräften; sie können auch nur als Erinnerungen aus der Vergangenheit des Geschlechts mittreiben.

Später, als ich ihn traf, war er ohne starken Lebensdrang, ohne sonderliche Unternehmungslust; und unter all der Liebe, in deren Mitte er lebte, war keine, die seinen Sinn ganz erfüllte. Seine Schwärmerei war damals, mit einem oder dem andern seiner Freunde unter den Kapitänen hinauszukommen. Eine Reise nach Hamburg, Bremen, Kopenhagen, Schweden machen, oder andre Städte in Norwegen besuchen zu können. Ich erwähne dies besonders, weil es besonders charakteristisch ist.

Die Sache war nämlich die: er wußte nicht, oder wollte nicht wissen, wohin.

Es war, als müßte ein andrer kommen und bestimmen. Er verlies Trontheim und kam nach Christiania, wo man den hübschen Menschen in einem Laden sehen konnte. Rasch hatte er einen neuen Kreis von Freunden und Freundinnen; aber immer dieselbe Unentschlossenheit.

Da liest er in der Zeitung, daß seine Bewunderung aus den Kindertagen, der Mann mit der weißen Haut und dem schwarzen Haar, im ersten Hotel der Stadt wohnt!

Er hat mir später erzählt, daß er vor Erregung zitterte und sich krank melden mußte; er konnte seine Gedanken nicht zur Arbeit sammeln. All die Jahre hindurch hatte er, oft ohne es sich selbst zu gestehen, auf ihn gewartet. Das letzte was er aus dem Mund des Freundes, in dem ihm eigenen, selbstherrlichen Ton gehört hatte, war ja:»Du sollst es nicht bereuen«! Eine runde, volle Anweisung, ausgestellt von einem Mann, der die Ritterlichkeit selbst war. Bye hatte ihn in all diesen Jahren nicht belästigt; zu der Schuldsumme hatten sich also Zinsen gehäuft. Der Freund war nun auch im Auslande ein reicher Mann geworden, wenn das Gerücht nicht trog; Bye würde auch ins Ausland kommen, das fühlte er! Nun galt es also, ihm zu sagen, daß er hier war. Aber es mußte so geschehen, daß andre es nicht hörten oder sahen; das hätte den Nichtsahnenden in Verlegenheit bringen können! Er erkundigte sich deshalb im Hotel, wo der Fremde abends hinginge; und Nacht für Nacht ging er selbst vor sein Hotel; er wollte ihn begegnen, wenn er heimkam. Aber es traf sich nie günstig. Da faßte er Mut und schrieb. Erzählte ihm, daß er in der Stadt sei, und erbat sich eine Unterredung, gestattete sich, die Zeit und den Ort ihres Zusammentreffens, des Freundes Zimmer im Hotel, vorzuschlagen.

Zur bestimmten Zeit fand er sich vor der bestimmten Tür ein. Er stand und lauschte, eh er anklopfte; es war Licht darin – aber kein Geräusch. Endlich klopfte er. Ein kräftiges »Herein!« antwortete ihm. Als Bye nicht sogleich zu öffnen vermochte, wurde es wiederholt – noch kräftiger – vom besten Gewissen der Welt.

Ivar Bye stand vor einem hohen, stattlichen Mann in eleganter Gesellschaftstoilette, der eben Parfüm auf sein Taschentuch goß.

Sie sahen einander an; und die erste Folge davon war, daß keiner von ihnen grüßte. »Ich habe Ihren Brief erhalten; aber ich bedaure, daß die Zeit, die Sie vorgeschlagen haben, nicht günstig ist; ich bin im Begriff auszugehen. Bitte, nehmen Sie Platz!«

Bye blieb stehen.

»Ich sehe, es geht Ihnen gut. Was treiben Sie?« – »Ich bin im Handelsfach.« – »So, wirklich? Sind Sie schon lange hier?« – »Ein Jahr oder so.« – Er wußte nicht mehr, was er redete, das Zimmer fing an, sich im Kreis zu drehen. »Ja, Sie müssen wirklich entschuldigen, aber ich höre eben den Schlitten vorfahren.« Er wandte sich um und legte ein großes seidnes Halstuch um, eh er den Pelz umnahm. Es klopfte. Ein Diener meldete, daß der Schlitten da war, eilte herbei und half dem Herrn in den Pelz. Bye stand noch immer unbeweglich, als der Herr mit einem höflichen Adieu an ihm vorbei in den Gang hinaus und die Treppe hinab ging.

Bye war über dreißig Jahre alt, als er mir dies erzählte, und mehrere Jahre waren vergangen, seit es geschehen war. Aber er weinte wie ein betrogenes Weib.

Nach dieser Begegnung wurde er langsam ein anderer. Wie ich es später begriff, müssen die ersten äußeren Anzeichen davon gewesen sein, daß er seine Lieder nicht mehr sang, es kaum ertrug, sie von andern singen zu hören; die Guitarre rührte er nicht mehr an. Es ist dies nicht so zu verstehen, daß das Leben der Erwartung, das er bisher geführt hatte, von dem energischen Bestreben abgelöst wurde, sich eine Zukunft zu schaffen. Das lag ihm gar nicht mehr, wenn er das je getan hatte. Sondern so, daß die Schwärmerei, die er im Innersten genährt hatte, ihre sentimentalen Erinnerungen fahren ließ und statt dessen ihre Dichtung um die zu spinnen begann, in deren Kreis er gerade stand; wenigstens um Einzelne von ihnen. Es begann damit, daß er bei guten Menschen Trost und Zuflucht suchte für das Beste in ihm; aber auf die Dauer ward es zu einer Lebenskette, welche die Geschichte des einen Freundes oder der einen Freundin an die der andern schloß, und alle zusammen bildeten sein Glück. Nach und nach lebte er ausschließlich für Andere.

Wie andre junge Leute nach Enttäuschungen und Wunden in einem Kloster eindämmern, so er in guten Werken.

Als das norwegische Theater in Christiania errichtet werden sollte, war der ehemalige sentimentale Sänger und Guitarreklimperer der erste, der sich meldete. Viele Moldenser erschraken, als sie seinen Namen hörten. Daß *er* es wagte, auf einer Bühne aufzutreten! Kurz darauf lernte ich ihn kennen und begriff sofort, wie natürlich es für diesen Träumer war, nach Aladdins Schloß zu suchen. Da würde er leben – nicht in den Prachtgemächern, nicht an den Fenstern und auf den Balkons paradierend, bereit, Huldigungen zu empfangen; sondern in den weinlaubumschatteten Bogengängen, in den Alkoven, in den heimlichen Plätzchen rund um die Kaskaden draußen im großen Park. Der Mitwisser aller Geheimnisse, der vertraute und Helfer aller. Immer im Hintergrund mit kleinen Diensten und guten Ratschlägen bereit; immer bereit, die Jüngsten zu loben, die Unglücklichen zu trösten, sich mit den Glücklichen zu freuen. Er selber hatte keinen Ehrgeiz; sein Trontheimer Dialekt (welchen die Bühnenleiter nicht zu brechen verstanden, solange es noch Zeit war), und seine Dilettanten-Furcht vor dem Unnatürlichen, die ihn verhinderte, ordentlich loszulegen, waren ihm überall im Wege. Aber wenn wir fragen, so wird uns jeder Einzelne von denen, die noch vom ersten Personal des norwegischen Theaters leben, erzählen, was er für die war, die er gern hatte, denn er war ein verwöhnter Menschenkenner! Sie werden uns erzählen, was sie seinem Geschmack, seiner Erfindungsgabe, wo es ihr Wohl galt, seiner taktvollen Aufrichtigkeit, seiner Treue und Diskretion verdanken. Heiter und warmherzig, phantasievoll und vertrauenerweckend, ihre kleinen Fehler verspottend und züchtigend; das, was er liebte, hervorlockend.

Er war noch nicht lange da, als er zum ersten Mal in seinem Leben festen Boden unter den Füßen zu fühlen begann; es schwankte nicht mehr alles. Aber just da erhielt er einen anonymen Brief von »einem Moldenser«. Darin wurde er gefragt,»wie *er* es wagen könne –?«

Und hier war's, wo ich dazu kam.

Eins von den ersten Dingen, die ich erzählen hörte, als ich Zögling der höheren Schule zu Molde wurde, war, wie dieser gutherzige, schöne Junge von älteren,»vornehmeren« Kameraden mißbraucht und dann schmählich verlassen worden war. Darüber herrschte in Molde sowohl damals als später nur *eine* Stimme. Als es nun mit Schlangenzungen zu zischen begann, schien es mir deshalb, wir Moldenser müßten die Ersten sein, sie in ihre Löcher zurückzupeitschen. Ich habe ein Talent für Organisation; in aller Eile veranlaßte ich die Moldenser Studenten, eine Leibwache um ihn zu schließen, eine Wache des Schweigens und der Freundschaft. Und zu äußerer Sicherheit nahmen wir ihn in die Studentenkolonie auf, die ein paar von uns gegründet hatten. Er zog mit seiner langen Pfeife, seinem kleinen Hausrat – vor allem seiner kleinen Beefsteakpfanne, an der so viele von uns sich erfreut haben! – bei uns ein; seine Bude oben wurde bald unser Lieblingsaufenthalt.

Als Theaterkritiker konnte ich ihm auch indirekt eine Stütze sein, wenn die Leute uns überall zusammen sahen. Ich stutzte einen französischen Lustspiel-Einakter für ihn und noch einen andern Notleidenden, Kapitän David Thrane, zurecht; letzterer hatte Walzer- und Operettenmelodien komponiert, die er darin angebracht haben wollte. Bye erhielt eine kleine erotische Rolle; ich wollte sehen, ob er vielleicht am Ende doch einmal mit etwas von dem, was er besaß, herauskommen konnte. Er wagte sich jedoch kaum zu rühren, so daß das Stück glänzend Fiasko machte. Wir tranken unter großem Gelächter auf seinen Tod.

Für das norwegische Theater kamen bald böse Tage. Wir Norweger haben nämlich die Gewohnheit, jedes nationale Unternehmen dreimal an unsrer Gleichgiltigkeit oder Uneinigkeit zugrunde gehen zu lassen. Erst beim viertenmal ist es lebensfähig. Bye ging mit einer schlechten Truppe auf die Wanderschaft. Aber eben damals war ich Direktor am Bergenser Theater geworden und schickte ihm Reisegeld.

Ich seh ihn noch, wie er am ersten Tag meine Garderobe musterte und sich daraus ein paar Hosen mit Seidenstickerei an den Säumen herunter auswählte; ich seh ihn mit einem Taschenmesser sitzen und diese Verzierungen austrennen; denn grade diese Hosen hatte er sich nun einmal ausgesucht. Er war bettelarm. Er hatte nämlich alles, was er hatte, weggegeben, solchen, die es nötiger brauchten, als er.»Für mich war ja noch immer Rat,«sagte Bye,»ich wußte ja, ich hatte dich in der Hinterhand.«Ich möchte wissen, ob ich jemals in meinem Leben stolzer auf etwas gewesen bin, das er mir gesagt hat. Es war auch das Einzige dieser Sorte, was er mir zu spendieren für zuträglich hielt.

Er nannte mich – wie alle Kameraden –»Björnen«(Bär) oder »Bjö'en«und behandelte mich wie ein Kind, oder wie einen hellen Toren – insonderheit wie das letztere, indem er mich vollständig entmündigte. Ich bekam mein eignes Geld nicht in die Hand, – wobei ich mich ausgezeichnet stand, – sondern mußte ab und zu etwas von ihm»leihen«. Er umgarnte mich geradezu mit den abscheulichsten Schlichen und stiftete Verschwörungen gegen mich unter meinen Freunden an. Obschon es immer zu meinem eignen Besten geschah, – wenn ich dahinter kam, oder wenn es zu stark gegen meine Passionen ging, so kriegte er Prügel; aber in der Regel ging's nach seinem Willen. Wenn alles vorüber war, hielt er mich unbarmherzig zum Narren, und dann lachten wir alle beide.

Im Frühling zogen wir nach Trontheim, um wieder vor den Trontheimern zu spielen – ich darf wohl sagen, ein gut einstudiertes Repertoire. Die Trontheimer wollten uns erst das Theater nicht vermieten;»es sollte repariert werden«. Ich mußte hinauf und es erobern, und die andern kamen nach. Bye war mit dabei. Eine lustige Gesellschaft waren wir – lauter junge leute, der Direktor der zweitjüngste von allen! Eine Sommerreise, wie sie kaum ihresgleichen gehabt hat in Norwegen! Sie hätte ihren Dichter haben müssen; – der aber starb mit Georg Krohn.

Proben und Vorstellungen, Gesellschaften, Ausflüge, Tollheiten und Reden, – ich hielt zu jener Zeit beständig Reden! ... man kann sich eine Vorstellung davon machen, wie wir mit den Trontheimern umsprangen, wenn ich erzähle, daß wir jeden Abend bei gutem Wetter damit endeten, daß Rektor Müller – man denke, der Rektor der Stadt! – auf der Feuerleiter in den Stiftsgarten stieg, ohne sich festzuhalten, und weiter über die Dachrinne und wieder zurück! Ich wohnte im ersten Hotel der Stadt.

[2] Ivar Bye wohnte natürlich bei mir. *Er* sagte nichts und *ich* sagte nichts; aber wir waren im voraus darüber einig, so und nicht anders mußte er Trontheim wiedersehen.

Den Tag, nachdem wir angekommen waren, gingen wir miteinander an dem langen, düstern Haus vorbei, in dem er einmal als Gefangener gesessen hatte. Nie vergeß' ich, welche Stimmung in mir zitterte, meine Augen begegneten den seinen. Er sagte irgend etwas, wie: sie haben ein neues Tor; oder: das Tor ist neu angestrichen. Ich weiß nicht mehr, was. Ich sagte nichts; d.h. ich schwatzte unaufhörlich von ganz andern Dingen.

In Trontheim waren nur wenige, die sein Geheimnis kannten, und diese wenigen waren seine guten Freunde. Hier war er also sicher.

Ich seh ihn noch draußen auf einem Stein mitten in dem großen Lerfoß, ein Stück weit von der Stadt; Gott weiß, wie er da hinaus gekommen war. Er hockte da – nackt. Da war er einmal ganz losgelassen! Eine solche Wildheit und ein solcher Übermut offenbarte sich da, daß man erwartete, er würde sich in den Strom werfen. Ich stand und dachte: Jetzt ist Bye froh!

Später sagte ich zu ihm: »Was hätte aus dir werden können, Bye, wenn du dich hättest frei entwickeln können.«

»Ja,« antwortete er, »etwas zwischen Aschenputtel und Nöck. Auch wenn der Nöck weint.«

---

[2] In einer wehmütigen Stunde, mitten unter allem Jubel, schrieb ich da:
»Auf Sankte-Hans
ist Lachen und Tanz;
ich aber weiß nicht, ob sie flicht ihren Kranz.«

Und eine Weile darauf:»Aber für mich war von Anfang an die Schranke gezogen.«

Zwei Tage zuvor hatte ich mich verlobt, deshalb lebt der Tag in meinem Gedächtnis wie Sonnenschein; jedes Wort steht vor mir in gleicher Klarheit wie die Landschaft. Solange diese Verlobung sich vorbereitet hatte, schwieg er; nicht mit einem Hauch seines Mundes, so schwach, daß er die kleinste Feder bewegt hätte, versuchte er auf meinen Entschluß einzuwirken. Und doch sagte er mir, sogleich nachdem es geschehen war, daß es sein höchster Wunsch gewesen war! Herrliche Tage hatten wir drei! Und es blieb so, als ich mich verheiratete, obwohl er ausziehen mußte und meine Frau einzog; er kam beständig zu uns.

Jenes Jahr ist zweifellos das für meinen Charakter gefahrvollste gewesen. Ich hatte eine unbändige Arbeitskraft; ich leitete das Theater und das Oppositionsblatt der Stadt und damit die große Wahl, die erste in Norwegen auf ganz nationalem Grund. Gleichzeitig nahm ich in ausgedehntestem Grad am Vereinsleben und an Gesellschaften teil, schrieb an einer Erzählung und dichtete Lieder. Aber mir war nicht leicht eine Schranke zu setzen, wenn ich etwas erreichen wollte; ich hatte ja auch immer Glück.

Ihm und ihr verdanke ich es, und der Mithilfe meiner teuren Freunde Georg und Henrik Krohn, Dankert Roggen, Andreas Behrens, Henrichsen, Dahl u.a., daß ich so einigermaßen unversehrt daraus hervorgegangen bin.

Unter den warmen, unmittelbaren Menschen in Bergen fanden sich Freunde für Ivar Bye. Als Garderobier am Theater, wo man ihn seines guten Geschmacks willen angestellt hatte, kam er mit vielen verschiedenen Schichten der Bevölkerung zusammen, und er traf wie gewöhnlich, seine Auswahl. Durch uns andre lernte er noch mehr kennen, – so daß er nun endlich Menschen gefunden hatte, die er brandschatzen konnte für seine armen Freunde in allen Ecken und Winkeln des Landes! Nach und nach gewann er, – das war unausbleiblich – vollständige Herrschaft über die, die er gern hatte, und er erhielt sie sich auch, weil er genau wußte, wie er jeden Einzelnen zu nehmen hatte. Eine alte Verwandte meiner Frau liebte ihn so, daß sie den Tag für verloren hielt, an dem er nicht vorgesprochen hatte. Trotzdem wollte sie ihm das Kleid nicht geben, das sie

eben an hatte; es war ja auch wirklich zu toll, um so etwas zu bitten.
Bye hatte nämlich ein altes armes Fräulein, dem dies Kleid akkurat
paßte; es war so hübsch warm, so recht ein gutes Winterkleid, und
sie besaß mehrere, das alte Fräulein aber gar keines. Kaum war Bye
gegangen, so fing das, was er gesagt hatte zu wirken an. Vielleicht
mußte es eben grade solch ein Kleid sein? Sie zog es aus und packte
es ein. Eh' Bye von seinen vielen Vesorgungen nach Hause kam, lag
das Kleid auf seinem Zimmer. – Für andre hatte er eine andere Art
des Vorgehens. Wenn sie mit einem ausgedienten Kleidungsstück
nicht herausrücken wollten (es gibt ja liebenswürdige Menschen,
die in diesem Punkt unglaubliche Gewohnheitstiere sind), so nahm
er es ganz einfach und ließ uns andre dann arglos fragen:»Aber,
Liebe, haben Sie denn das graue Kleid nicht mehr? Es stand Ihnen
so gut!«

Was er sich und uns Spaß machte mit all seinen Schlichen, um
uns Geld für seine alten Fräuleins abzulocken! Er hatte ein wahres
Genie dafür, solche aufzustöbern und sie mit seinem Geplauder
und seinen diskreten Gaben zu erfreuen.

Ivar Bye hat uns in Wahrheit gelehrt, gut zu sein, und viele, viele
außer uns.

Als Beweis dafür, wie sicher er sich seiner Freunde fühlte, muß
ich einen kleinen Streich erzählen, über den seinerzeit halb Bergen
lachte. Wir waren in Gesellschaft bei einer Dame, die für ihre aus-
gezeichneten Kuchen bekannt war.»O,« sagte meine Frau,»besonders der da schmeckt köstlich!« – »Den sollst du mit nach Hause
nehmen,« antwortete Bye. Alle Kuchen wurden aufgegessen, nur
nicht diese Sorte; sie waren fast unberührt.»Ich begreif' es nicht,«
sagte die Wirtin, als die andern Gäste fort waren und wir noch allein da waren. Ich glaubte, die Kuchen seien die Besten.« – »Ich
begreif' es gut,« sagte Bye,»ich bin nämlich zu allen Leuten gegangen und habe ihnen gesagt, daß in den Kuchen da faule Eier seien!«
–

Der reichste Teil aber seiner Menschenkenntnis, seiner Wärme
und Güte sammelte sich in seinem Beruf als Ratgeber und Vertrau-
ter. Er war dazu geboren. Keine Instinkte sind im Menschen feiner
entwickelt, als die, die Verständnis ahnen! Und andrerseits gibt es
kein sichereres Zeugnis moralischer Macht, als das, Bekenntnisse zu

erzwingen einfach dadurch, daß man ist, der man ist! Und diese Macht hatte er.

Unsre Literatur hat ein Denkzeichen für seine Art und Weise, Vertrauen entgegen zu nehmen. Es ist niedergelegt in dem Gedicht:

Ich hab' einen Freund – In schlafloser Nacht – –

Ich schrieb es fern von ihm – nicht, damit er es bekommen sollte, sein Name ist nicht genannt und er hat es nie erhalten; sondern weil das Leben damals schwer für mich war.

– – Als meine Frau und ich mit unsrem kleinen Jungen vom Auslande heimkehrten, vier Jahre nach meinem Abschied von ihm und vom Theater, sehnten wir uns tiefinnerlichst nach Bergen und ich ganz besonders nach ihm. Das Theater war aufgehoben. Natürlich. Aber Bye hatte sich Vertrauen erworben, er blieb zurück als Aufseher über Haus und Habe, und die kleine Einnahme genügte für ihn.

Wir hatten uns darauf gefreut, ihm unsern Jungen zu zeigen, – und wir mußten hören, daß Bye gefährlich krank sei. Trotzdem war viel Freude bei der Rührung des Wiedersehens, denn er war ja auf, er hob unsern Jungen hoch; wir wollten viel zusammen sein, sagte er.

Darin aber täuschten wir uns. Den Tag darauf mußte er zu Bett, um nicht mehr aufzustehen. Es war, als hätten die Kräfte ausgehalten, bis wir kamen; jetzt ging es rasch bergab.

Daß es schnell zu Ende ging, begriff ich zum erstenmal bei einem Vorfall, einige Tage später; ich will ihn nicht verschweigen. Ich kam zu ihm – »kam« ist nicht das Wort, denn ich war wütend und stürmte die Treppen hinauf. Ich war mit einer Sache beschäftigt, die mich erregte und ich vergaß, – wie junge gesunde Leute nur allzu oft tun, – wie es Schwachen und Kranken zumute ist. Nach alter Gewohnheit wollte ich mich vor allem vor ihm austoben, und das tat ich auch. Da traf mich auf einmal ein hilfloser Blick und ich hörte die Worte: »Ach nein – ich kann nicht fassen, was du sagst!« ... wie ich erschrak, wie ich mich schämte und unglücklich war! Und wie das sich verschärfte, als er ein paar Tage darauf starb! So nahe war er dem Tod, und wir ahnten es nicht!

Es ist mir leider oft passiert, daß ich mit meinem unbändigen Eifer denen weh getan habe, die ich am wenigsten kränken wollte, – und alle diese Fälle haben mich später heimgesucht, einzeln oder miteinander, mich gequält, mich gedemütigt. Keiner aber öfter als dieser.

Denn war es nicht, zum Ausgang seines Lebens, wie eine letzte Wiederholung all des rücksichtlosen Gebrauchs, den andre von seiner hingebenden Natur gemacht hatten?

Wie wenn Anfang und Ende sich zusammenschließen sollten, stand, als die Wirtin seine Augen geschlossen hatte und in seine Wohnung hinunter kam, ein Fremder da; er fragte nach Ivar Bye. Sie erzählte ihm weinend, daß sie ihm soeben die Augen geschlossen habe; der Fremde ward davon so stark ergriffen, daß er sich setzen mußte. Er fing an, sie auszufragen, und der Wirtin war es eine Erquickung, grade jetzt ihn aus ihres Herzens reichster Fülle preisen und zuletzt sein geduldiges, ruhiges Sterbebett schildern zu können. All das machte einen tiefen Eindruck auf den Fremden. Er blieb lange sitzen. Als er sich erhob, um zu gehen, wollte er aber seinen Namen nicht nennen. Er habe wie ein Beamter ausgesehen, sagte sie. Sollte es einer der Kameraden von Molde gewesen sein, den späte Reue grade in diesem Augenblick herbeigezogen hatte?

Der Anführer von damals war es nicht; der war längst tot.

Ich stand an Ivar Byes Grab und sagte mir, daß ich dies alles einmal niederschreiben wollte. Für das juristische norwegische Volk.

Ich stand am Grab und blickte auf das Gefolge. Das war ja eine große Beerdigung; ich kannte nicht den zwanzigsten Teil! Theatervolk, Handwerker, Kaufleute, Seeleute, Beamte, arme Kerle, Reiche, die Ältesten und die Jüngsten. Und am Grab erwarteten uns die Frauen. Mütter waren da, die ihre Kinder mit sich hatten, und Mütter und Kinder weinten um die Wette. Alte Fräulein aus dem Jungfernstift, arme Weiber, junge Mädchen, alle mit Blumen und Tränen.

Ich kenne manche, die ihre Tränen wiederfinden werden, wenn sie dies lesen. –

Wenn ich mir meine verstorbenen Lieben denke, so mag ich sie mir nicht als Leichen, geschweige denn als abgemagerte Skelette denken. Ich denke sie mir wieder mit der Röte des Lebens auf den Wangen, ihre Augen auf mich gerichtet. Bye aber kann ich mir denken, so wie er jetzt aussehen muß, – ja, ich denke ihn mir meistens so, mit seiner Reihe herrlicher Zähne in breiter Rundung, mit dem Nasenbein und den Höhlen unter dem schönen Schädel. Ohne Scheu seh' ich die kalkgrauen Kniee, – etwas aufwärts- und auseinandergekrümmt, und die langen, gegeneinander gelegten Knochenfinger.

Ich glaube nicht, daß dies ist, weil sein Gesicht hager war, so daß es der Phantasie Vorschub leistete. Auch nicht, weil er, als Nöck draußen in Lerfoß hockend, mitten im Sturz und Schaum des Wassers, mehr aus Höhlen als aus Augen um sich starrte, während seine Zähne gleißten.

Nein, es ist wohl, weil sein Verstehen der Menschen und Dinge ein so tiefes geworden war, ein so liebevolles, daß es für ihn nichts Abstoßendes gab. Nicht in den Formen des Lebens und nicht in den Formen des Todes. Und *das* symbolisiert sich auf diese Weise in meiner Erinnerung.

Einsame Reue

Ich hab' einen Freund – in schlafloser Nacht
tönt mir sein Friedensgruß.
Wenn das Licht erstirbt und das Grau'n erwacht
naht er auf leisem Fuß.

Nie redet in harten Worten sein Mund –
selbst kennt er Leid und Reu' –
sein weicher Blick macht Krankes gesund –
wer ist, wie er, so treu?

Begangene Sünde, die mich kränkt,
nimmt still er auf sein Herz,
und wenn mein Glaube die Flügel senkt,
hebt er ihn himmelwärts.

So kämpft er auch heute, wie immerdar,
mein einsames Ringen mit –

Übers Jahr, mein Freund, wird offenbar,
um was ich heute stritt!

Über tredition

Eigenes Buch veröffentlichen

tredition wurde 2006 in Hamburg gegründet und hat seither mehrere tausend Buchtitel veröffentlicht. Autoren veröffentlichen in wenigen leichten Schritten gedruckte Bücher, e-Books und audio-Books. tredition hat das Ziel, die beste und fairste Veröffentlichungsmöglichkeit für Autoren zu bieten.

tredition wurde mit der Erkenntnis gegründet, dass nur etwa jedes 200. bei Verlagen eingereichte Manuskript veröffentlicht wird. Dabei hat jedes Buch seinen Markt, also seine Leser. tredition sorgt dafür, dass für jedes Buch die Leserschaft auch erreicht wird.

Im einzigartigen Literatur-Netzwerk von tredition bieten zahlreiche Literatur-Partner (das sind Lektoren, Übersetzer, Hörbuchsprecher und Illustratoren) ihre Dienstleistung an, um Manuskripte zu verbessern oder die Vielfalt zu erhöhen. Autoren vereinbaren direkt mit den Literatur-Partnern die Konditionen ihrer Zusammenarbeit und partizipieren gemeinsam am Erfolg des Buches.

Das gesamte Verlagsprogramm von tredition ist bei allen stationären Buchhandlungen und Online-Buchhändlern wie z. B. Amazon erhältlich. e-Books stehen bei den führenden Online-Portalen (z. B. iBookstore von Apple oder Kindle von Amazon) zum Verkauf.

Einfach leicht ein Buch veröffentlichen: **www.tredition.de**

Eigene Buchreihe oder eigenen Verlag gründen

Seit 2009 bietet tredition sein Verlagskonzept auch als sogenanntes "White-Label" an. Das bedeutet, dass andere Unternehmen, Institutionen und Personen risikofrei und unkompliziert selbst zum Herausgeber von Büchern und Buchreihen unter eigener Marke werden können. tredition übernimmt dabei das komplette Herstellungs- und Distributionsrisiko.

Zahlreiche Zeitschriften-, Zeitungs- und Buchverlage, Universitäten, Forschungseinrichtungen u.v.m. nutzen diese Dienstleistung von tredition, um unter eigener Marke ohne Risiko Bücher zu verlegen.

Alle Informationen im Internet: **www.tredition.de/fuer-verlage**

tredition wurde mit mehreren Innovationspreisen ausgezeichnet, u. a. mit dem Webfuture Award und dem Innovationspreis der Buch Digitale.

tredition ist Mitglied im Börsenverein des Deutschen Buchhandels.

Dieses Werk elektronisch lesen

Dieses Werk ist Teil der Gutenberg-DE Edition DVD. Diese enthält das komplette Archiv des Projekt Gutenberg-DE. Die DVD ist im Internet erhältlich auf **http://gutenbergshop.abc.de**

FSC
www.fsc.org
MIX
Papier | Fördert
gute Waldnutzung
FSC® C083411

Zeitfracht Medien GmbH
Ferdinand-Jühlke-Straße 7
99095 Erfurt, Deutschland
produktsicherheit@kolibri360.de